蕪村八景

一二三壯治

序

俳諧発句は、俳聖と呼ばれる松尾芭蕉（一六四四〜一六九四）が世に出て一つの頂を極めた。その後しばらくは、蕉風俳諧を正統とする気運があまたの弟子たちに引き継がれ、日本全国に俳諧ブームをもたらした。それこそ「上は侯伯から下は漁樵まで（蕪村の言）」俳諧に親しまぬ者はないといった景況。しかししかし、〝盈《み》つれば欠くる〟のは月の性のみならず、山の頂があまりに高く嶮岨《けんそ》であれば凡下には登攀《とうはん》しがたく、せいぜい五合目あたりに徘徊するを以て自ら〈徘徊師〉と称したか否かはさて、とにもかくにも至らざる者たち煩悶すること久し。

ここに、芭蕉没後二十余年にして生を享け、芭蕉峰を極北に高く望んで俳諧道に分け入った漢《おとこ》ありけり。号を与謝蕪村という。かれ、画才において高名なりしが、傍ら俳諧の筆を執ってもその風趣は赫奕《かくやく》と輝くこと金襴《きんらん》の如し。衆望つねに集り、二世夜半亭宗匠の名をほしいままにすれど、仁は謙譲にして清貧。いよいよもって、たまげる。江戸時代の三大俳人の一峰に名を連ねたるは、まず天の然《しか》らしむるところか。

…と、いかにも擬古文の気韻をもって一番槍の筆鋒とするのはほどほどにして、平和な時代の風に馴染んだ文章にやがてゆるゆると変えて行くので、しばし御容赦を。

さらに時下って、蕪村生誕三百年も過ぎた今日、俳諧発句は〈俳句〉と名を改めたれど、芭蕉峰は遠く霞のかなた、蕪村の奇峰さえも万年雪に覆われて登りがたし。筆者あえて蕪村が技法と情趣のありかを尋ねんと一念発起したのは、みずから俳句の模範とするに足る普遍性を見出したからにほかならぬ。藤田真一・清登典子両氏編集の『蕪村全句集』を拠りどころに、一句一句と味わえば味わうほどに情趣深く、真理高くして心を豊かならしめぬということなし。

読書百遍意おのずから通ず、という。それかあらぬか、蕪村句を味わい意を汲むこと十余年にして、その情と景とが仄見えてきた。それ、すなわち八景。霊峰富士山に「富嶽百景」あるは宜《むべ》なれど、一般に修景は「八景」を以て全てと為す。瀟湘《しょうしょう》八景、近江八景然り。

かくして『蕪村八景』は、景が主と言えど才人蕪村の業なれば情豊かにして、景情一如そのままに《いのちみこころ》を筆の端緒とした。前半は句法、技法の綾に主眼を置いたが、後半は情趣を生む精神の奥処へと侵入した感がある。あるいは、五景《をんないろいろ》が蕪村句の肯綮《こうけい》に当たる契機となったか。筆者おのがじし鑑賞眼の変化を感じ、蕪村言うところの頓悟《とんご》や摩訶止観《まかしかん》をもかすかに探り得たかと思えたほど。

一景につき春夏秋冬各四句ずつ、計十六句を選した。『蕪村全句集』掲載句は二千八百余句に及ぶゆえ、この数は厳選の上にも厳選した秀句適正句と御承知置き願いたい。一つ例外として、また五景《をんないろいろ》を挙げねばならない。その夏季のみ六句に達したのは、蕪村家の複雑な事情を、句々に重ねて語る必要から万やむを得なかった。

八景のどこから入るとも、読者諸氏の好き自由。世に知られる蕪村句を拾い読みしたとて、それも一興。これまた蕪村言うところの「俳諧は解すべく解すべからず」であれば、泉下の霊が怨んで仇なすどころか、「俳諧の自在、後世に伝われり」と生前の祈願通じたるを釈迦牟尼仏の拈華《ねんげ》に応じる体で微笑《みしよう》すること請け合い。そこにこそ、〈世界最小の詩型〉ならではの極小を極大に転ずる鑑賞の秘法もあると存じ奉り候、だ。お後は読んでのお楽しみ。

ただし、なにぶんにも現代とは似ても似つかぬ言葉が通用していた十八世紀の日本。たかが俳句だなどと侮ってもらっては、困るどころか迷惑ですらある。ましてや、現代人の方が洗練された日本語を用いているなどと高を括って、初手から侮って掛かるのは日本刀の鋭利な切れ味を知らずに素手で触れるように剣呑極まりないので、くれぐれも御注意を申し上げたい。

蕪村の言葉を借りれば、俳諧は「本朝第二文芸」とされる。第一文芸は、むろん和歌である。「いや、そうではない、『源氏物語』だ」と反論したい向きもあろうが、源氏も歌物語とされ、やはり和歌に準ずるのは論を俟たない。そんな議論はともかく、筆者としては「本朝第二文芸」から日本語の奥深さを考究してみたかった。

〝余談ながら…〟。

筆者はある時、歴史文学の大家として敬愛する司馬遼太郎氏が「蕪村を書きたい」と何かで述べておられたのを目にした。はなはだ畏れ多いながらも、氏が遂に書き残されなかったのを奇貨として、無謀にも代筆をしてみんとてするなり、と心をさらに励ました。

司馬氏が蕪村に関心を持たれたのは、当時「方外《ほうがい》」（士農工商いずれにも属さない）の身分にありながら、画才詩才を以て硬直した身分社会に風穴を開けた隠逸ぶりに共感したからだろうと察する。これは、氏が好感の眼差しで小説や随筆のモデルにされた歴史上の人々が、少なからず無私の魂の持ち主であり、名利にも疎いことから推して謬見とは言えまい。もしかすると氏は、我ら〝この国〟の後進のために、蕪村だけは書かずに残してくれたのだとさえ思うほどである。執筆されなかった理由は、〝蕪村が真の達人だから小説に書けない〟とのこと（『司馬遼太郎からの手紙〔下〕』）。達人は達人を知る、か。達人ならぬ筆者ゆえ、また小説ならぬ評論の体裁ゆえ、無謀も許さるべし。

さて、そういう次第で蕪村八景を取り揃えて世に披露する機会を得たのは、ほかならぬ先達蕪村をはじめ、それ以前、以後の先人たちの〝やまとことば〟を愛し用いた営々たる生の継承に鑑み、筆者も拙いながら連峰の裾野に連なりたいと念じた帰結にほかならない。極言すれば、「本朝第二文芸」を不朽ならしめ、日本語の進歩発展に寄与したいとの願いを託した。

あえてキャッチフレーズ風に申し上げれば、〝蕪村俳句にあふれる日本語の面白さ〟とぞ。

今も世の中にあまた在《おわ》す蕪村ファンはもとより、日本語と俳句を愛する人々に一人でも多く読んでいただけることを希望して止まない。また、誤謬や事実と異なる点などにお気づきの節は、忌憚なくご教示賜われば、筆者自身も含め後学に益すること大ならんと確信する。

目次

〈参考1〉与謝蕪村が生きた時代（年齢は数え年）

享保元年（一七一六）〜二一年（一七三六）一〜二十一歳
元文元年（一七三六）〜六年（一七四一）二十一〜二十六歳
寛保元年（一七四一）〜四年（一七四四）二十六〜二十九歳
延享元年（一七四四）〜五年（一七四八）二十九〜三十三歳
寛延元年（一七四八）〜四年（一七五一）三十三〜三十六歳
宝暦元年（一七五一）〜一四年（一七六四）三十六〜四十九歳
明和元年（一七六四）〜九年（一七七二）四十九〜五十七歳
安永元年（一七七二）〜一〇年（一七八一）五十七〜六十六歳
天明元年（一七八一）〜三年（一七八三）六十六〜六十八歳（没）

〈参考2〉本文中のカッコの用法

筆者の文体的特徴ながら、本文中にはカッコ書きが多い。概ね左記の基準に基づいている。

《　》　八景のタイトルに用いた
『　』　古今東西の著作物に用いた
「　」　主に俳諧や和歌で使われている言葉に用いた
〈　〉　文芸や風俗・文化の特殊用語と引用句（歌）に用いた
（　）　直前の言葉や内容を補足・解説するときに用いた
〝　〟　だれかが発した言葉や記述を引くときに用いた

一景

いのちみこころ

一景　いのちみこころ

与謝蕪村は享保元年（一七一六）に生まれ、天明三年（一七八三）に没した。享年六十八。当時の平均寿命から見れば、まずまずの天寿と言える。当時、仏教の教義から人には〈生老病死《しょうろうびょうし》〉が四苦として運命づけられていて、早世も長寿も何かの因果と考えられた。〝命あっての物種〟の諺も、決して捨て鉢な態度ではなく、むしろ〝迷わず成仏〟できるようにと、善良な生き方を望む人生観が広がった。

蕪村は、そんな時代の良識や母親の早世、仏教修行などによって強固な〈死生観〉と〈生命観〉を持つに至ったようだ。特に「身」を、科学とは別の直覚によって見つめた。さまざまな意味に用いられているにせよ、「身」の一字を含む句は約五十を数える。それは「身」が生存の大本であり、〃畏敬に価する神秘さ〃を持つという認識に根ざしている。

「身」は「五体」とも呼ばれる。いわゆる〈陰陽五行説〉に由来し、五臓五腑（六腑とも）や五感などに通じる東洋的な（当時は一般的な）自然の理法である。また、仏教には「五蘊《うん》」の原理があり、すべての人間は色《しき》（肉体）・受（感受性）・想（表象性）・行（意志）・識（認識）から成るものとされた。

蕪村の精神は、それらの包括的な理解の上に立ち、「身」という全体から五体の各部、さらには五感の機能、情動、情感へと自由自在に往き来した。蕪村句の心を理解するためには、まずその「身心探検」から始めなければならない。その時々の五体と五感を通して映ったものが、すなわち《いのちみこころ》の景である。

〈春〉

鶯や耳は我が身の辺りなる　（安永九年）

一句は、蕪村の身体感覚を端的に伝えている。「鶯」の声という外界の常ならぬ現象に、真っ先に反応するのが「耳」（聴覚）だという。

「身の辺《ほと》り」とはなるほど実感で、言い換えれば〝感覚の水際〟と捉えたのだ。同時に春告鳥《はるつげどり》である「鶯」によって春の到来を知り得て、感受性豊かな「耳」を持った喜びが溢れている。

現代人は、〝全身を耳にして聴く〟機会が減ってしまった。それほど耳を澄まさなくても、雑多な音が洪水のように押し寄せてくる。昔の人と体の構造は変わらず、「耳」も同じ機能を果たしているが、「身の辺り」と呼べるような実感はなかなか得にくい。

この「辺り」は、春の雪解け水に打たれる川の「辺り」のようでもある。チャプチャプと鳴る水音のかわりに「鶯」の声に浸された。地球の生物が水の辺りで新たな発達をみせた進化のプロセスを想うのにも似て、詩的なイマジネーションが大きく広がる。

絵師でもあった蕪村が、目よりも前に「耳」（聞き）を置いた。そこには、俳諧を〈耳の文芸〉だと思い定めた悟りの境地がある。

臑白き従者も見えけり花の春　（安永六年）

「臑白《はぎ》き従者《ずさ》」とは何者か。また、その「主《あるじ》」は…。

いかにも謎を掛けたような句体だが、これが解らなければ〝野暮《やぼ》〟と言われるだろう。

「臑白き」と言えば、「女」を暗示する。だが、この「従者」は当然ながら両刀を手挟んだ身なりの武家風。髪なども若衆髷《まげ》に結い、いかにも凛々しい。

主は…と見ると、旗本か御家人か、いずれどこか大家の御曹司と思しい風儀。家来二、三名を従えて「花見」にお出ましである。

落語『花見の仇討』のような景を想定すれば、「従者」に姿をやつした若い仇討者（あるいは女）も集まる花見の名所。蕪村は大いにぼかしつつ、〝さて、どういう次第に…〟といった思わせぶり。花よりも気になる主従である。

「見えけり」を訳せば、「見えた、見えたぞ」となろうか。そこに蕪村の悪戯《いたずら》心がほの見える。

それにしても、「臑白き」はあまりにも艶かしい。「臑」を隠す時代の風俗を思えば、なおのこと。ふくら臑など見えたら、もう大変だ。

次のような句もある。

雨後の月誰ソや夜ぶりの脛白《はぎ》き（安永六年）

蕪村の愛読書『徒然草　第八段』にも「久米の仙人の、物洗ふ女の脛白きを見て…」と、色欲の戒めが出ている。色欲もまた、肉体あればこそ。

春は、生命の芽生えの季節である。身も心も浮き立つ。

手まくらの夢はかざしのさくら哉　（安永二年）

「手《た》まくら」とは、俳諧では恋の詞《ことば》とされる。今は「腕枕」と言うのが一般的だ。

男の「手まくら」で心地よさそうに眠る美女は、きっと桜の「かざし＝かんざし」を挿した「夢」でも見ているのだろうと、男（蕪村？）が悦に入っている。これもまたエロスが満ちあふれている。

「手」は特に、エロスを高める器官の一つとも言える。「手」を触れる、「手」を取るのは、恋情を伝える直接行動の初めの一歩だからだ。「臑」や「足」はまだ視覚の段階だが、蕪村が「手」と言えば、より行動的に、積極的になったと考えてよい。

江戸時代は、〝手の時代〟でもあった。さまざまな分野で手先の器用さが尊重され、また名手や上手が多く輩出した。今に残る美術・工芸品や建築、装飾などを見れば、その水準の高さも容易にわかる。剣術でさえ、技の冴えを伝えるのに「手は見せぬぞ」との決め台詞があるところから、「手」の尊重ぶりや修練の度が見えてくる。

「手」に関連する江戸言葉も枚挙にいとまがない。手伝い、勝手、手心、手まめ、手締めなど。蕪村も優れた手の持ち主であった。絵画の修行の過程では、手の働きを高めようと工夫もしたことだろう。手をどう働かせれば、自由自在な筆致を得られるかと。

ちなみに、昔は筆跡も「手」と言い表した。

ゆく春やおもたき琵琶の抱心　（安永三年）

「春」の盛りには大いに演奏されて人心を慰めた「琵琶」だが、「ゆく春（晩春）」になれば、ただもう「おも（重）たき」だけの長物に成り下がる。別にそれが恨めしいわけではなかろうが、「抱心《だきごころ》」に何か「琵琶」への恨みを感じないでもなく、楽器としての物性を超えた瑞々しい情感がこめられている。

「抱心」を感じるのもまた「手」であり、「腕」である。そこに、手腕の経験値がほのかに語られている。

「抱心」には、あたかも生あるものに寄せるような艶めいた響きがこもる。なんとなく「琵琶」を女性に擬しているかのようだ。男と女が情を交わすのに、初めての接触を演出した「琵琶」なのかもしれない。どれだけ多くの情話、くどきの類を絃に乗せただろうか。あるいは「琵琶の抱心」を通じて、あの女この女の「抱心」を思い出しているのかもしれない。

「抱く」のは腕に違いないが、「おもたき」か軽きかを判ずるのは、いつでも「心」である。〈心身一如〉であれば、「身の辺り」から浸透した刺激が心の琴線に触れ、情感の反響となってじわじわと肥大しつつ句の表面にあふれ出てくる。

〈夏〉

離別れたる身を踏込で田植哉

（宝暦八年）

「離別《さら》れたる身」とは、夫に離縁され、実家に戻ってきた婦人の身の上を憐憫の情で包んだ言葉のように感じる。「旧離《きゆうり》切られる身」とも言った。ただ、そんな逆境にもめげず、「身を」泥田に「踏込《ふみこん》で田植」をしようとする姿に希望の光が満ちあふれている。女性（田植をする早乙女）の身魂への賛歌である。

一説には、「離別れたる身」とは蕪村の母親のことではないかと言われる。母親の境遇は、そのようであったらしいと述べる蕪村伝記もある。母ではないとしても、よほど親近感を抱く女性にちがいない。

いや蕪村ならば、それほど近しい間柄の女性でなくても、そこまでの憐憫を抱くことがあったかもしれない。感受性はそれほどに濃やかで、また人の憂いに寄り添う気持ちが強かった。

「身」を考えれば、思いは「身分」や「身の上」に及ぶ。江戸時代の社会と生活環境、諸縁など、それぞれに定められた運命を受け止めるのが一身である。それは現代も変わらないのだが、直に感じられる「辺り《ほと》」が鈍くなった。その「身を踏込で」田植えすることなど、稲作農家でさえほとんどなくなった。

「離別れたる身」は、つらい身の上に違いない。それでも他の早乙女たちと同じ身なりで、田植歌など歌いながら一心不乱に働く。〝くよくよ考えても始まらない〟といった覚悟と明日への希望が満ちあふれる。

「身」はまさに、人生の有為転変に委ね翻弄される主体にほかならない。

我泪古くはあれど泉かな　（寛保二年）

蕪村の幼少年期から青年期は不遇であった。追々述べるが、親との縁薄く身無し児同然だった蕪村を弟子にして同居させ、俳諧の道へ導いてやったのが師の早野巴人《はじん》（宋阿《そうあ》）である。

しかし、その宋阿も寛保二年（一七四二）、蕪村二十七歳のときに没した。当時、東国を行脚しつつ修行中だった蕪村（当時の号は宰鳥《さいちょう》）は、この句によって亡き師を偲んだ。（宋屋編宋阿追善集『西の奥』に掲載）

「我泪《わがなみだ》」の対象は、いつも故人や思い出に向けられていて「古い」かもしれないが、それはこんこんと尽きることのない「泉」のようだ、と。「泪」を「古く」と捉えた感覚が、逆に新鮮である。やや深読みすれば、亡き師匠は若い宰鳥に〝新しい感覚で〟句を詠むように指導したのかもしれない。そのことを弟子として強く心に留めていたから、「古くはあれど」と弁解めいた措辞になったとも考えられる。

「泪」は、身震いや悪寒などと同様「心身」の強烈な刺激によって発する。不思議にも、喜怒哀楽の別に依らず表れる。強い痛みで生ずることもあるが、俳諧では多く哀感の表現として詠まれる。芭蕉にも〈櫓聲《ろせい》波を打《うつ》てはらわた氷る夜や涙〉〈埋火《うずみび》もきゆやなみだの烹《にゆ》る音〉などがある。

昔の日本人は、よく泪を流したらしい。泣くのは恥ずべきことではなかった。むしろ情が深い証として尊ばれた。泪にはまた、心を浄化する〝浄めの水〟の働きがある。

燃立て皃はづかしき蚊やり哉　（安永九年）

「皃《かお》」（顔、貌）は蕪村ならずとも、真っ先に目のいく人体の主要部である。「顔色が変わる」とか「浮かない顔」などと言うように、感情がもっとも表れやすい。

「皃はづかしき」という情感は、女性にこそ似つかわしい。そして、この女性にはそう感じさせる（心をときめかせる）相手がいるに相違ない。まるで恋の炎が「燃立《もえたち》て」きたかのように、「蚊やり」の火がぽっと燃え上がった。かくなれば、もはや心のうらが表れたようなもの。おのずと成るように成るほかない。

一瞬の「蚊やり火」の昂《たかぶ》りに、情念の有様までも見透かされてしまった。そんな「皃」が、能面のように浮かび上がる。「カ」の四隔韻〈カほはづカしきカやりカな〉がまた、カッカと燃え立つ思いを擬音語か擬態語のように高めている。

「皃」（肖像）は、絵師蕪村にとっても魅力ある画題だった。松尾芭蕉とその弟子たち、また連歌師・俳諧師、中国人では李白、陶淵明、蘇東坡などの顔貌を想像して描いた。彼らの「皃」は、どれも一様に〝俗気〟を離れている。蕪村自身がそうでなければ、描き得ない駘蕩たる表情である。

翻って一句は〝俗気〟の際にあり、まるっきり俗化してしまうことの「はづかしき」を知る「皃」である。

夏河を越すうれしさよ手に草履　（宝暦七年以前）

「手に草履」を持つ仕草から、「うれしさ」の情感が倍化した。その「うれしさ」は、郷里の丹後与謝郡への往復の途次で得た。本来なら「手に土産」を携えたい気持ちだろうが、渡すべき母親はすでに亡い。墓参りをして、その「手」を合わせるだけである。

「うれしさ」は、複合的な要因に拠る。もちろん里帰りが第一、そこに「夏河」の冷たさが加わる。情感から言えば、「うれしさ」を「涼しさ」や「冷たさ」と皮膚感覚に置き換えることもできた。むしろ、その方が蕪村らしいとも思える。まして「うれしさ」「かなしさ」「たのしさ」などは、使い方が難しい。それらを直に使わずに、喜怒哀楽の情を表現するのが俳句だとも言われる。

そこで「手に草履」である。草履には少し誇らしげな「うれしさ」が込められている。貧しければ「草鞋《わらじ》」を履き、「河を越す」に際して脱ぐこともない。ある面で成功者として故郷に錦を飾る高揚感が、涼しさや冷たさよりも「うれしさ」を先立たせた。

「手に草履」からは、大衆演劇のような大袈裟な芝居っ気も感じられる。江戸時代の肉体表現は、高度に記号化されていたという事実が浮かび上がる。手の平を陽、手の甲を陰として、幽霊の「手」の形が生まれたと聞く。大見得を切る芝居では、手の平を大きく開いて見せた。俳句もむろん、記号化・抽象化の芸術である。

〈秋〉

温泉の底に我足見ゆる今朝の秋　（明和五年）

季感が表れたいい句である。「温泉《ゆ》の底に」「足」を見るのは「今朝の秋」に限ったことではないが、この一期でなければならないような気分にさせられる。

露天風呂の景かもしれない。温泉で夏の疲れを癒す季節になった実感が、「我足《わが》」に集約されている。湯のレンズ効果で、あまり眼の良くなかった蕪村でもよく見えたのだろう。その発見の喜びと夏を越した喜びが共に「見ゆる」のである。

「足」は、腿《もも》から踝《くるぶし》の下全体までを指すのだろう。少し夏痩せしたかもしれない。とすれば、ますますもって愛おしい。

石川啄木（一八八八～一九一二）は、〈はたらけど　はたらけど猶　わが生活《くらし》　楽にならざり　ぢつと手を見る（『一握の砂』）〉と詠じた。「手」は、まことに切実である。

手相の知識も手伝って、不遇をかこつ折などつい目が行ってしまう。一方「足」は、爪を切るような時にしか見ない。しかし、手とは別の役目の働き者である。

「見ゆる」と受動的なのも、〝図らずも〟という気分が伝わって好もしい。それほど普段は意識しない部位である。行脚僧として全国をよく歩いた蕪村だけに「足」は丈夫だっただろうし、それだけ〈五体満足〉で修行してきたことへの自信も充溢したのだろう。

蕪村は、「身」を健康に保ちたい気持ちも強かったらしい。ある弟子が「先生は、体のことばかり気にしている」と誰かに陰口を言ったとの伝聞もある。老人の年齢に至ってからは、なおのことだったか。

考えてみれば、絵師で俳諧師の蕪村が感性や詩情の核である《いのちみこころ》に強い関心を持たないとしたら、その方が不思議である。

身にしむやなき妻のくしを閨に踏　（安永六年）

身体感覚が情に転換された一句である。

「なき妻」とは蕪村の妻ではなく、ごく親しい友人の亡妻への思いを代わりに詠んだらしい。「身にしむや」は本来、秋気が身にしみる季感を伝える季語だが、その皮膚感覚からさらに深々とした寂寥感に変わっていく心を「くしを閨《ねや》に踏」むことへ集約させた。踏む足もまた、「身」の末端（辺《ほと》り）ながら、「身」全体の感覚を集めたほど多感である。

「なき妻」は「なきめ」と読みたい。蕪村がよく材を取った『徒然草　第百九十段』に〈妻《め》といふものこそ、男の持つまじきものなれ〉とある。他にも妻を「め」と読む例は多い。

「なきめ」とすれば、「櫛の目」が少し「無き」である状態も詠み掛けられる。

蕪村ほどの手練が、「なきつま」などと、〈調べ〉の悪い字余りをわざわざ用いるはずもない。「亡き」と「泣き」を掛けてもいるだろう。「くし」は「櫛」と「苦死」だろうか。そのような複雑な仕掛けを、我々後世の読者は「踏」まなければならない。そうしてこそ、一句は我々の「身にしむ」。

「身にしむ」とは、他者の情感を自身の中に浸透させるような〈共感〉のイメージかと思う。蕪村の時代は、現代ほど〝自他の差異〟を言いもしなかった。それゆえ友人に成り代わって、哀悼の思いを一句にこめることができたのだろう。

我が肩によそのきぬたのひゞきかな　（安永七年以降）

前句とは逆に、夫に先立たれた妻の打つ「きぬた（砧）」を詠んだ。昔、農家の女が布を柔らかく艶めかせるために、木や石の盤上で槌を振るって打った。特に夜なべ仕事だったことから、秋の夜長の風物詩とされた。

歌語としての「きぬた」は、後家の孤閨《こけい》の怨情を伝える音として象徴化されている。「我が肩に」響いたのは、実に怨みがましく聞こえる「よその」女の砧の音だった。あたかも「我が肩に」すがって、何かを強く求めているようではないか。男ならば、このまま聞き捨てにできようか。次のシーンまで想わせる余韻・余情が感じられる。

「肩」は、〝双肩に掛かっている〟と言うように、依頼や信頼の置き所として常に重みが載る。身体の構造から見ても、肩と腰は重量的な負担が掛かりやすい場所で、肩こり、腰痛が今も日本人の宿痾《しゅくあ》のように伸《の》しかかっている。

句解として一つ押さえておかなければならないのは、「きぬ」が娘くのの女房名で、結婚に失敗して出戻った後に、「よそ心」で弾く得意の琴の「ひゞき」とも考えられる点である（五景《をんないろいろ》で詳しく述べる）。

老齢の蕪村にとって、複合的な「肩」の「ひゞき」と重みだったのではなかろうか。

しらつゆやさつ男の胸毛ぬるゝほど　（安永四年）

男性の俳人に蕪村ファンが多いのは、一句に示されるような一種のエロティシズムも要因の一つなのだろう。読み方によっては、かなり際どい。

この句の真骨頂は「胸毛」にある。「さつ男」は猟師のことだから、「胸毛」が生えているのも合点が行く。獲物を追って草の中に分け入れば、草の抱く「しらつゆ（白露）」にしとど「ぬるゝ（濡れる）」というわけだ。

蕪村の句のかな遣いには、時に深い含みがある。ここでも「白露」と漢字で書いてもいいはずが、仮名にしてある。「しら」に「知らず」の意味を掛けているのだろう。「つゆ」知らずということになる。

また季語である「猟男《さつ》」も、なぜか仮名にした。色事を知らない（素人の）「薩男＝薩摩男」「刹男＝寺の男、僧」などを想像させるためか。いずれにせよ、さまざまなイメージを喚起させる。

江戸時代の文化爛熟ぶりを伝える〈陰の芸術〉に春画がある。絵師蕪村（その場合は謝春星《しやしゆんせい》）の許には〈危な絵＝春画〉の依頼がなかっただろうか。安永のこの頃には、すでに俳画の第一人者であった蕪村。春画を描く代わりに、戯れにこんな句を詠んだとしても不思議ではない。

〈冬〉いざ雪見容す蓑と笠　（安永二年）

「容《かたちづくり》す」とは、身繕いのことである。女性ならば「化粧」も含まれる。蕪村が愛読した

『蒙求《もうぎゅう》』の「予譲呑炭」に〈女は己を説《よろこ》ぶ者の為に容す〉とあり、それを句語として用いたようだ。同じ意味でも「身繕ふなり」などとするより、「容す」の方が言葉の印象からして、何か「雪」にときめく感じがしみじみと伝わってくる。

「容」はまた、「かお」の意味でも使われる。「容貌」「美容」などの熟語もある。女ならば主に顔を中心に化粧するのだが、男、それも風流人の身となれば、全身に気を配らなければならない。それが「蓑と笠」になる。〝日々旅にして、旅を栖《すみか》とす〟と『おくのほそ道』に記した芭蕉翁に倣い、風流な「雪見」には「蓑と笠」の旅装束で身繕いしようという情景である。

対置の文法に従えば、『蒙求』の〈女は〜〉の前に〈男は己を知る者の為に死すとも可なり〉とある。ここでも「旅に死す」覚悟で、「蓑と笠」を死に装束としてまとうのである。つまり、蕪村が「容す」となれば、大いなる覚悟が秘められていると解すべきだろう。

あるいは、それほど芝居染みて「容す」ということを少々滑稽な姿として戯画化した趣向も感じられる。ストイック過ぎると、どこか滑稽になる人間の姿がある。

大とこの糞ひりおはすかれの哉　（安永四年頃）

俳諧・俳句では、糞尿も材となることは夙《つと》に知られている。芭蕉の名句〈蚤虱《のみしらみ》馬の尿《ばり》（「しと」と読む説も）する枕もと〉が好例。生命感が溢れるという意味で、これほど野性的なエネルギーを感じさせる句材はない。何しろ〝おおどか〟である。

「大《だい》とこ」とは「大徳」、つまり高僧のこと。どんなにありがたげな高徳の僧でも、「糞ひりおはす」のは生理現象で仕方がない。「かれの（枯野）」をお歩きあそばす折に、つい催されたらしい。回りは殺伐として家もない。ただ「糞ひりおはす」「大とこ」が尻を端折って屈み込むのみ。笑うべきか、瞠目すべきか、凡人には測り得ぬ。ただ「そこから何かを覚れ」というのが、禅宗の問答形式ではある。

正岡子規（一八六七～一九〇二）が『糞の句』（明治三十三年）を論じている。一部を引くと「糞の如く徹頭徹尾醜《しこ》な者はそれに美の分子を見出す事は出来ぬけれど、他物と配合した上で多少の美を保たしむる事が出来る」。この句についても「大徳の糞を詠みたる蕪村の力量は古今独歩」と絶賛する。

こうなると蕪村賛美も病膏肓《こうこう》に入るの域で、惚れた欲目の〝あばたも笑くぼ〟を通り越す。「多少の美」などと言わず、屈託のない天真爛漫な風韻を味わえばそれでよい。

〝出物腫れ物ところ嫌わず〟という。それもまた、生きる「身」あればこそ。

歯豁に筆の氷を噛ム夜かな　（安永三年）

「歯豁《あらわ》に」が凄い。まるで狼が屍肉を喰らう図を想像する。ところが、案に相違して、「筆の氷を噛む」とくる。「歯」と来て「噛む」では当たり前すぎるのに、妙に印象深いものがある。「氷」は「筆」に残った水が凍ったものだから、筆一本で生きる蕪村の寒さの実感が反映されているゆえかもしれない。

「噛む」と言えば、結城の弘経寺に伝わる蕪村漂泊時代の句が有名である。

　肌寒し己《おの》が毛を噛《かむ》木葉経（宝暦初年ころ）

寒さと「歯」は、「歯の根が合わない」などという表現があるように深い関わりを持っている。冬には「歯」が見えるだけで、寒々しく感じる。それも記号的な反応なのだろう。

一句の趣向は蕪村オリジナルではない。韓退之《かんたいし》（中国唐代の文人、韓愈《かんゆ》とも。七六八〜八二四）「頭童歯豁、竟死何禅（頭は禿げ歯は落ち、竟《つい》には死ぬのに何が禅だ）」（『古文真宝集』進学解）や「老硯棲氷筆損尖（老の硯《すずり》に氷が棲み、筆の尖《さき》を損なった）」（『円機活法』貧居）にちなむらしい。得意の漢籍取材の作句で、句法を正そうとする蕪村の高い意識が感じられる。

漢語では「歯」をよく用いる。〈明眸皓歯《めいぼうこうし》〉で美人、〈切歯扼腕《せつしやくわん》〉でくやしさを表す。そもそも「齢《よわい》」と同義だ。死を意味する〈没歯〉の語もある。

我骨のふとんにさはる霜夜哉　（安永六年）

「骨」が「ふとんにさはる」感覚は、現代の健康人にはなかなか察しにくい。まず「ふとん」の硬さが違う。藁を詰めるか木綿でも薄い布団だった。その上、蕪村（というより一般的な江戸人）は栄養が足りず骨張っていて、「霜夜」などには冷えに悩んだり、神経痛が疼いたりしたことだろう。それを句にすることで、少しでも辛さを和らげようとしたのかもしれない。一句には、そんな〈軽み〉がこもっている。

人は「骨」になって、生命を終えるというのが仏教的理解である。「骨」と言えば、野ざらしではないが、死体を暗示する。ところが、どっこいここでは「まだ生きているぞ」と喝を入れる蕪村の姿が目に浮かぶ。

人の一生は、春夏秋冬に例えられる。「歯」や「骨」を詠むのは、そろそろ死が近いことを悟った暗示かとも思える。蕪村が「身」をもって得た実感であり、先人たちが書き記した人生観への共感でもあったただろう。

また、俳諧の修行ではよく〈皮肉骨《ひにくこつ》〉の詞が用いられた。「骨」と言えば、技術を極め尽したような段階を指す。そういう意味を含みつつ読めば、芸術においても太い「骨」を持つ蕪村には、何かと「さはる」こと（差し障り）が多くあっただろうとも推測できる。

この章に掲げた十六句以外にも、《いのちみこころ》の景を詠んだ秀句は数多い。

かそけきは

二景

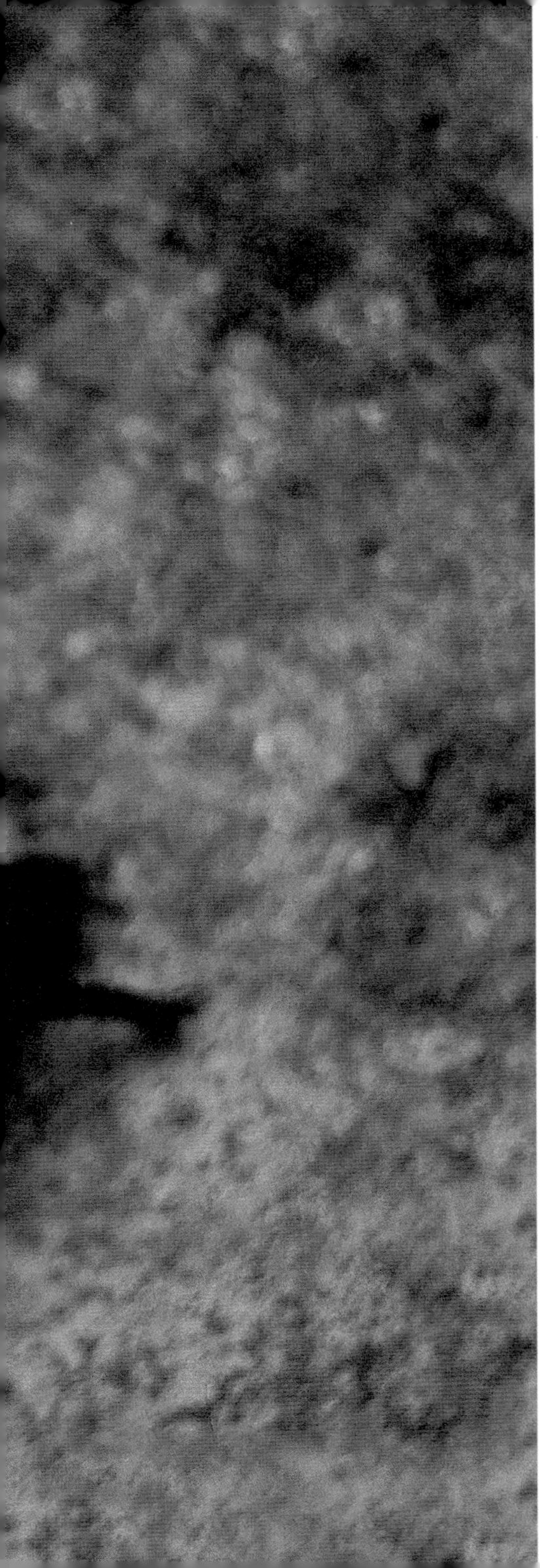

二景　かそけききは

耳を「身の辺り《ほとり》」と悟った蕪村は、〈聞き〉の聴覚だけでなく他の五感（時に第六感も）をも研ぎ澄まし、微細な自然現象や〝ありやなしや〟も定かならぬ景情を発句で捉えようとした。名づけて《かそけききは（際《きわ》）》の景である。

人は《かそけききは》に感じては、喜怒哀楽の情を覚える。和歌や物語、随筆などの文学に昇華された日本伝統の情緒の中では特に〈もののあはれ〉が重んじられた。蕪村も和歌からの派生文芸である俳諧に心血を注ぐことで、おのずと〈もののあはれ〉をも踏襲した。

極論すれば、〈五七五〉の世界最小の詩型が生まれたのは、代々の俳諧師が《かそけききは》を追求した結果だったとも言える。現代風に言えば、「神は細部に宿る」と信じたのだ。

一字（「無」「喝」など）、二字（「三昧」「善哉」など）から始まる仏教の〈偈《げ》〉や松尾芭蕉の〈わび、さび、ほそみ、しをり〉も、国文学を《かそけききは》の探求に導くそれぞれの方法であった。

蕪村の言葉に「俳諧は解すべく解すべからずがよし」とある。つまり、解りやすくもあり、解りにくくもあるような微妙さが好ましい、という。そこに大いなる余韻や余情、いかようにも解せる空白が生まれる。それもまた《かそけききは》のもたらす余徳である。

また、蕪村は「頓悟」という言葉をよく使った。すなわち「たちまちに悟る」という感覚である。その頓悟の喜びを詠み手から読み手へ伝えるという、日本的なコミュニケーションの技が、《かそけききは》の景には微妙に、また濃厚に含まれている。

〈春〉

梅がゝやひそかにおもき裘　（安永六年）

「ひそかにおもき」が利く。嗅覚の刺激から重量感への転換がある。また「ひそかに」には、いかにも《かそけききは》を感じ取った情趣がこもる。

「裘《かわごろも》」は、獣の革を使った昔の防寒具である。衣類としては、やや強い臭いに難がある。ほのかな「梅がゝ」（梅の香）を嗅いだら、「裘」が急に重くも、うとましくも感じられたという句意だ。たとえば上五を「春の日や」とか「春暖や」としては、平凡で面白みがない。

「梅がゝ」の〈かそけさ〉を押し出したところに蕪村の非凡さの一端がうかがえる。

「裘」と言えば、『源氏物語』の「末摘花」の巻が思い浮かぶ。

表着には黒貂の皮衣、いときよらにかうばしきを着給へり。

…と、描写される末摘花は醜女でもある。そのことや不幸な身の上を憐れんでか、光源氏は大いに情けを掛け、さらに男を上げるという次第。

蕪村は「裘」を拝借するにとどまらず、末摘花の鼻が赤い（原文は「花の色に出でて、いと寒しと見えつる御をもかげ…」とある）ことから、「梅」を連想させる趣向に行き着いたものと思える。

鶯の声に「耳」が、梅の香に「鼻」が「身の辺り《ほと》」となる道理である。そのように敏感な五感には、さまざまな《かそけききは》の相が把捉される。初めは抽象的であったものが、蕪村の筆によって具象化されていく過程がまた面白い。

それらは、想（相）のさざ波のようでもあり、常に千変万化するもののようでもある。

よき人を宿す小家やおぼろ月（安永三年）

「よき人」とは、「愛する人」を婉曲に言った。その遠回しもまた《かそけき》表現である。能楽の完成者・世阿弥（一三六三？〜一四四三？）は『風姿花伝（花伝書）』で「秘すれば花」と述べた。以後、その美意識は日本の芸術・芸能の類にいっそう深く浸透した。〝あらわに言い出る〟ことを無粋と見なすのである。

「宿す」の表現も、露《あらわ》に言えば「囲ふ」である。が、そんな野暮は避けて、すべてを「おぼろ月」の下に隠すのが雅味であり、俳諧の趣向なのだと蕪村は範を示す。

「小家」は和歌由来のいわゆる〈歌語〉で、蕪村はよほど好んで多用した。全句中、二十句近くある。蕪村のよくした〈題詠〉の成果でもある。その中から三句を引く。

うぐひすのあちこちとするや小家がち（明和六年・春）

飛蟻《はあり》とぶや富士の裾野の小家より（安永七年頃・夏）

水鳥や岡の小家の飯煙（安永六年・冬）

紀貫之（七景《いにしへふみ》で詳述。八六八?〜九四五?）の『土左日記』にも、「…小家の門の端出之縄《しりくべなは》の鯔《なよし》の頭《かしら》、…」とある。

「小家がち」は、昭和の時代になっても永井荷風（一八七九〜一九五九）が『濹東綺譚《ぼくとうきたん》』で用いている。

…掘りの幅の狭くなるにつれて次第に貧気な小家がちになって、夜は正法寺橋、三谷橋、地方橋、髪洗橋などいう橋の灯がわずかに道を照らすばかり。…（傍線は筆者）

荷風も俳句に親しんだから、こんな表現が自然と出たのだろう。

蕪村は「大家」より「小家」により詩情を感取したらしい。弟子に書簡で「愁《うれい》の中に多く詩情がある」と説いていた。「小家」には、そこはかとない愁いがにじむ。荷風の措辞を借りるまでもなく「貧気《まずしげ》」なのである。

春雨や小磯の小貝ぬるゝほど　（明和六年）

句は二通りに解釈できる。まず、春雨が降って、小さな磯の岩に貼り付き乾いていた小さな貝を濡らし始めたという、平凡な写実句としての解釈。

もう一つは、やや淫靡な解釈だ。「春雨」とは男女の色恋を表し、「小磯」は相手の女か、ひいきの妓の源氏名でもあろう。「恋その」とも読めるところが洒落ている。すると「小貝」は何だろうか。「ぬるゝ（濡れる）」ものであるらしい。

「小〜」は、特に「小春日和」や「小夜《さよ》」のような美称に用いられる。〝愛らしい〟の意味をこめることもある。小さきものに〈もののあはれ〉を感じ、「美しい」「愛らしい」と見るのと同根だろう。現代の若い娘たちが、何かと「カワイイ」を連発するのもそれに近い。日本人のＤＮＡは、小さきものに愛着を感じるものか。

「俳諧は解すべく解すべからずがよし」であれば、おそらく蕪村は俳諧の弟子たちに、釈迦が弟子たちにしたように〈拈華《ねんげ》〉して見せ、摩訶迦葉《まかかしよう》のように〈微笑《みしよう》〉で応じる者が出現するのを待つこともあったに違いない。（実際に一番弟子の几董《きとう》との間で、そんなエピソードがあったと蕪村自身が書簡に残している）

俳諧で「雲雨」（単に「雨」も）と言えば、男女の恋愛を想起するのが約束事だ。中国の故事『巫山《ふざん》の雲雨』（次章で詳しく述べる）に由来する。

お固いように思われる芭蕉にも、〈衣着て小貝拾はんいろの月〉〈浪の間や小貝に混じる萩の塵〉など、どこか秘め事めいた句がある（実際は、現在の福井県敦賀市にある「種《いろ》（色）の浜」に遊んでの二句）。

そこここに〝秘すれば花〟の相がある。

山吹や井出を流るゝ鉋屑（天明三年）

「解すべく解すべからず」が俳諧の極意ならば、読者には〝深読み〟の自由が許されてよい。しかし、曲解や誤解を招かないように「詞書《ことばがき》」を添えることもある。

この句には、長い詞書が添えてある。

加久夜長帯刀《かくやたちはきのおさ》はさうなき数寄もの也けり。古曾部の入道はじめてのげざんに、引出物すべきとて、錦の小袋をさがしもとめける風流などおもひ出つゝ、すゞろ春色にたへず侍れば

ここで言う「加久夜長帯刀」とは藤原節信で、「古曾部の入道」は歌人・能因法師（九八八〜一〇五一）のことだ。『袋草子』の伝によると、能因が長柄《ながら》の橋の鉋屑《かんなくず》、節信は井出の蛙の乾物を送り合い、互いに相手の〈風流好事〉に感じ入ったとある。

その故事を巧みに取り入れて、かつ歌枕の地・井出に関連のある「山吹」を主題に蕪村は詠んだ。会心の出来と思ったようで、弟子の嘯風と一兄宛に解説付きの書簡を送っている（天明三年八月十四日付）。

…詩の意なども、二重にきゝを付て句を解候事多くあり。俳諧にまゝ有事也。

つまり、「漢詩を読む際には、表裏二重の意をよく弁えて解釈することが多々ある。俳諧でも度々用いられる方法だ」と言っている。

一句を《かそけききは》の景に入れたのは、「鉋屑」ほどの軽い（かそけき）ものに多重の意味をこめる手法の代表例として。

蕪村俳諧は、《かそけき》景の中にこそ深い真実があることを教えてくれる。

〈夏〉

一雨の一升泣やほとゝぎす　（宝暦十一年）

数を入れた句も蕪村には多い。むろん〈俗語〉を用いるのが俳諧である以上、度量衡の単位や漢語由来の慣用句（一日千秋、五十歩百歩など）も視野に入ってくる。

宝暦年間は蕪村が俳諧宗匠として立つ以前で、「一雨の一升泣《なく》」の措辞に〈数の用法〉でも試行錯誤を重ねた跡がうかがえる。「一雨」も「一升」も定量的な表現だ。

句意は、この「一雨」は「ほとゝぎす」が「一升」も流した涙なのだ、となる。詞書（化野《あだしの》）から、京都郊外の火葬場・化野に赴き、死者への弔いとして詠じたとわかる。

一は、零に次ぐ最小の数だから《かそけききは》だと言うつもりはない。蕪村の〈数の用法〉や数詞の追求ぶりをたどりながら、《かそけききは》へのこだわりを共有したいと考えたのだ。他にも「一〜」を措辞として用いた句がある。

若鮎や谷の小笹も一葉行（明和初期・夏）

一輪を五ツにわけて梅ちりぬ（明和七年頃・春）

年を重ねるごとに、〈数の用法〉も成熟していったのがわかる。

数の理念をおさらいすれば、一は唯一にして最高（随一）を指す。御一人と言えば、天子や天下人を指すような習い。二は対であり、愛憎や離合の最小単位。単に「二人」と言えば「男女」を示す道理。三は多の始まりで、安定した秩序の大本。「一」と同様に「全」の意味を持つこともある。

「三をもて一とせる義」は仏教思想に淵源を持つ。親鸞（一一七三〜一二六三）の著書『教行信証』「信の巻」に「三心すなはち一心」などの例がある。蕪村において仏道修行は、世界認識の法を学ぶ階梯であったようで、〈数の用法〉もそこで多くを身に付けたものと察せられる。

牡丹散て打かさなりぬ二三片　（明和六年）

数の話を続ける。江戸時代の〈数の用法〉では、年を取るのと同様に「数は一つずつ増える」というのが一般的な理解。一つずつ、一枚ずつ、一刻ずつ重ねていく暮らしぶりには、《かそけききは》の発見が多くあったことだろう。

この句では、「二三片」が〈かそけさ〉の核心である。「一」を省略し、「二三」へと継続していく刹那《せつな》を切り取った。「打《うち》かさなりぬ」という接触の《きは》が、まざまざと目の当たりになる。

しかし、なぜ「一二片」でなく「二三片」なのか。一つには「丹」と「三」の押韻を利かす効果。もう一つには「牡丹」の大きさと重さを伝える狙いがうかがえる。それも、「三四片」「四五片」では落ち着かない。

筆者が学んだ国語教科書に載ったほどの名句である。蕪村自身、夜半亭の後継者高井几董（一七四一〜一七八九）との両吟二歌仙『もゝすもゝ（桃李）』（安永九年刊）の発句にも掲げた。

近代になって、正岡子規の一派が蕪村の俳諧を模範として〈写生句〉を推奨した。子規にも数を取り入れた句がある。

鶏頭の十四五本もありぬべし

痰一斗糸瓜の水も間にあはず

〈写生句〉すなわち「生を写す」原則からすれば、数を伝えることはてっとり早い方法の一つだったのかもしれない。

それにしても、子規の句には《かそけききは》への心遣いがあまり感じられない。耳目が「内へ内へ」（ミクロへ）向かった江戸時代と、「外へ外へ」（マクロへ）向かう明治時代の差なのだろうか。

みじか夜や浅瀬にのこる月一片　（安永四年）

「みじか（短）」と詠み出て、「浅瀬」「一片」を導いた。《かそけききは》の三重奏である。「月一片」が利いている。「のこる」のも《かそけき》風情だ。

俳句では、〈景は情なり〉と言われる。「月一片」は〈孤愁の情〉に適う。それが「浅瀬にのこる」のであるなら、秋の長夜では似つかわしくない。帰納法的に「みじか夜」が導かれた。

蕪村は、帰納法的と演繹《えんえき》法的の両方から（情から景を導くか、景から情へと転換させるかの両面で）作句する。蕪村が生きていたら「これは、実景ではないでしょう」と問いたい。「実景に拘《こだわ》っていたら、桃源郷は描けまい」と答えるに違いない。

その傍証となりそうな「みじか夜」の句をもう「一片」。

みじか夜や芦間流るゝ蟹の泡（明和八年）

「芦間」は「みじか」と縁語である。平安時代の女流歌人伊勢（八七二〜九三八）の〈難波《なにわ》潟短き葦のふしの間も逢はでこの世を過ぐしてよとや〉を本歌取りした跡がありありと見える。「泡」は「逢はで」を踏む。なんとも伸びやかな言葉遊びではないか。

これを〈写生句〉と見るのもよい。しかし、これだけ本歌から詞を借りていることから〝詞を先に景を後に〟して詠んだと考える方が自然だ。

江戸俳諧では、〈配合〉や〈取り合せ〉が重視された。縁語の間の《かそけききは》にある緊張関係が強いほど、作者の力量も高く評価された。

涼しさや鐘をはなるゝかねの声　（安永六年）

蕪村句の真骨頂が表れている。中七の「鐘」と下五の「かね」は、同じようでいて異なる。「かね」は一般的な〝金属〟を意味する。「はなるゝ」ことで「鐘」の実体から離れ、「かねの声」は神韻となった。そこに「涼しさ」がある、と解せる。

蕪村は弟子の也好宛に「当時流行の句調とはいさゝか違《ちがい》申《もうし》候。流行のぬめりもいとはしき心地仕候」と、書簡（安永六年五月二十四日付）に書き送った。「ぬめり」とは、のっぺりとした底浅さを意味する。それとは「違う」と明言した。

蕪村の俳論は〈離俗論〉と呼ばれ、〝俗語を用ゐて俗を離れる〟の言葉で知られる。その「俗を離れる」感覚が、余人にはなかなかつかめない。あるいは「鐘」を俗にたとえて、それを離れて初めて「かねの声」、すなわち神韻に至れるという奥義を示したとも考えられる。「はなるゝ」の措辞も、そこでさらに重みを増す。

前章《いのちみこころ》の景で述べずに済ませたが、蕪村の生命観を推測すると、人間が五蘊から成る物とすれば、肉体に命を授けているのは霊魂ということになる。そして、肉体から霊魂が「はなるゝ」時が「死」にほかならない。〝いまはのきは〟である。

蕪村の時代の人の命のはかなさからすれば、霊魂が肉体から離れるのは実にたやすいものだったのではなかろうか。さすれば、〝俗を離れる〟のは何ぞ難からん、である。

実体から何かが離れる《きは》に、詩の真実はあるらしい。

〈秋〉

茨老すゝき痩萩おぼつかな　（安永四年頃）

秋の草花三種を叙し、荒涼とした秋野を詠んだ印象。その実、蕪村家族の有様を自嘲ぎみに寓した。「茨」は蕪村本人、「すゝき」は妻（とも）、「萩」は娘（くの）にそれぞれ対応する。「老」「痩」「おぼつかな」、いずれも《かそけききは》である。

この年、蕪村は病に伏すことが多くなった。当時のことゆえ、詳しい病名はわからないが、頭痛がひどかったらしい。知人宛にずいぶん弱気な手紙も書いている（〝もうすぐあっちもん（あの世の人）になる〟の言葉を用いた）。

俳諧は、ある面では〈仮託の文学〉とも言える。動植物の姿形や景色に、作者自身の境遇や心情を重ねる。時に直喩を、多くは隠喩を用いる。この句は後者に属する。

これを、たとえば〈蕪村老い妻痩せ娘おぼつかな〉としては露骨過ぎて、読者も「お気の毒に」と口では同情しながらくるりと背を向けるだろう。草花に仮託した〈奥床しさ〉があるからこそ、作者に憐憫の情や尊敬の念を抱くのだ。

とりわけ「おぼつかな」の措辞が利く。「萩」すなわち娘を案じることで、家族全員の前途への不安も見え隠れする。古語の形容詞「おぼつかなし」から「おぼつかなさ」と名詞に転じる用例もある。

和歌でもよく使われた。歌語として〈もののあはれ〉を表現するのにふさわしい。

おぼつかな秋はいかなる故のあればすずろに物の悲しかるらむ　　西行法師

〈もののあはれ〉の継承者である芭蕉にも…。

螢見や船頭酔うておぼつかな　　芭蕉（元禄三年『猿蓑』掲載）

穢多村に消のこりたる切籠哉　（明和五年頃）

「穢多《えた》村」への共感が〈もののあはれ〉をそそる。「消《きえ》のこりたる」という措辞が、それを強く感じさせる。それにしても、「穢多村」の用語が前句の隠喩とは打って変わった直截さで少々たじろぐ。

「穢多」とは、江戸期から明治期までは諸方に存在した賤民の蔑称だ。京都では洛外や鴨川周辺などに住み、賤業とされる死者や獣に関わる仕事、芸能などに従事した。命の《きは＝際》や〈かは＝川（三途の川）〉辺に生きることが多かった。

蕪村の哀憐の情は、そんな下層階級にこそ強くあふれ出た。自身の生い立ちに由来するのかもしれないし、方外（「士農工商」の外にある身分。絵師、俳諧師も入る）という身分に由来するのかもしれない。

蕪村は、自由平等を理想としたように思える。武士から商人、女性まで多様な弟子を指導するには、〈侘び茶〉の四畳半と同様に句座を平等に調える必要があったはず。また、芸術はそういう精神でなければ、前人未到の境地を見出せないものでもある。

「穢多」は、不可触賤民とされた。つまり、「触れてはならない」者たちだ。それに敢えて触れようとした。後述するが、蕪村は京人を嫌った。〝人心の悪さは全国一〟だとまで言い切った。そんな京人から疎まれる人々に対する哀憐は、あるいは京人に対する嫌悪感の裏返しだったのかもしれない。

「切籠《きりこ》」すなわち盆燈籠の《かそけき》光に、蕪村は人々の生命（霊魂）の瞬きを見た。

次の句も同趣。


初冬や香華いとなむ穢多が宿（明和五年頃）

月天心貧しき町を通りけり（明和五年）

蕪村の代表的な名句の一つだ。「貧しき町」にこそ、「天心」にある「月」が一層皓々と照り映える。極端に言えば、「月」と「貧しき町」の配合の妙だけが趣向である。

「月天心」の「心」がそのまま「貧しき」につながり、「心貧しき」とも読める。〈字面〉の話だと軽んじることはできない。十七音の〈世界最小の詩形〉を思えば、一字一字、一音一音の連動性や共鳴性を軽視するわけにはいかない。句の姿にも《かそけききは》を求める蕪村であった。

「貧しき」と言ってしまえば、カッコ付きで〝自分より〟が隠される。あるいは、〝自分と同じくらい〟かもしれない。清貧か、洗うが如き赤貧か。いずれにせよ、「穢多」という階層的な低さに匹敵する、物質的な低さへの惻隠《そくいん》の情がある。

〝上を見ればきりがない、下を見ればあとがない〟という。この句の後に添えて何か教訓じみたことを説くとすれば、〝貧しいのはお互い様。決して心貧しくはなりなさるな。ほら、月はみんなを平等に照らすじゃないか〟と。

「月天心」の措辞は、邵《しょう》康節（中国北宋の学者。一〇一一～一〇七七）の詩〈月到天心処、風来水面時（月の天心に到る処、風の水面に来たる時）〉（『古文真宝前集』清夜吟）に取材した。〈一般清意味料得少人知〉と続く。意味は〈二つに通じる清明な情緒（味わい）は、なかなか知り得る人が少ないものだ〉と。これもまた、《かそけききは》である。

手燭して色失へる黄菊かな　（安永六年）

「手燭」は携帯用の蝋燭立てで、今の懐中電灯のような物。提灯よりさらに小さい。「黄菊」を照らすと、日中に見た鮮やかな「色を失った」という句意だ。

「失へる」には、「はなるゝ」にも似て実体と異なってしまった驚きがある。〝あの黄色は、どこへ失せたのだろう。幻だったのか〟という疑問が呈される。

蕪村には、「失われたもの」や「消えて見えなくなったもの」を追慕する心性が多量に満ちている。それこそが、《かそけききは》を追求する精神そのものなのだろう。

西洋科学の実証主義からすれば、光線の波長によって色が変わるのは当然と考えられるだろう。現代に生きる私たちにも、ごく当り前のことと思える。しかし、自然光の下で見る「色」こそが真実だとするのは、どうも味気ない。〝どちらが真実相とは決められない〟と、回答を保留する方が詩人の態度として正しいように思える。

この句のような光や色の捉え方は、後世の俳人にも影響を及ぼしている。

夜半《よわ》の灯に日の色現じ石鹸玉《しやぼん》（春）　中村草田男（一九〇一〜一九八三）

ナイターに見る夜の土不思議な土（夏）　山口誓子（一九〇一〜一九九四）

それぞれ人工の灯を幻想的なものとして〈写生〉している。どうやら《かそけききは》を追求する精神は、脈々と受け継がれているようだ。

〈冬〉

古傘の婆娑と月夜のしぐれ哉　（明和八年頃）

「古傘」は、「降る」を掛ける歌語で「しぐれ」を導く。「時雨」は、芭蕉その人や彼が創始した蕉風俳諧にも通じる（芭蕉忌は〈時雨忌〉とも呼ばれる）。一時的にさっと降って上がる様から〈かそけさ〉や〈もののあはれ〉を感じさせる。

もとより「古」（「いにしへ」とも読む）への共感は和歌に由来し、蕉風俳諧でさらに深められた。〈古池や～〉〈菊の香やならには古き仏達〉〈我富《とめ》り新年古き米五升〉など、〈古び〉を詠じた句は芭蕉翁の一つの極致であった。

蕪村が蕉風俳諧を継承し、さらに深めた面があるとすれば、それは〈古び〉の中の動静と言うべきものであった。そして、それも《かそけききは》の一典型で、どこか新鮮さや生命力を減じた（「はなるゝ」「失へる」）相と呼ぶことができる。

翁は〈わび、さび〉の風趣を説いた。蕪村は、それを蕉風で完成されたものとして、〝蕉風の古格に還れ〟と唱えた。その一念は、この句にも込められている。ある弟子には、「婆娑《ばさ》と」が妙味なのだと書簡で解説している。擬音語「ばさ」の当て字だが、「娑婆《しゃば》（世間）」をひっくり返した用法で面白い。

後年、類想句を詠んでいる。

時雨るや我も古人の夜に似たる（安永二年）

「古人」とは芭蕉であり、さらに藤原定家や宗祇など、文芸史に名を刻む歴々を指す。「いにしへ」への深い思慕があふれている。

両村に質屋一軒冬木立（明和年間）

詞書は〈夢想　三句〉。つまり、夢に得た想である。他二句も「冬木立」を詠んでいる。夢に冬木立が出るのを、フロイト（オーストリアの学者、精神科医。一八五六～一九三九）ならどう『夢判断』するだろうか。人生を〝厳しい修行の場〟と考えていた節のある蕪村らしい景だと思う。

夢は、《かそけききは》に生じる。どこから訪れ、どこへ去るとも知り得ない。神仏や故人の〝夢枕に立つ〟現象が信じられた時代であれば、蕪村もフロイトとは別の意識と感覚で真剣に向き合ったはずである。

枕辺に矢立でも置いて、蕪村は夢の尾をつかまえて句帳に認めたのだろう。その一景が「両村《ふたむら》に質屋一軒」である。両村は共に貧しいと見え、双方から質草を持って借金に来る客がいるらしい。
夢にしては、「質屋」が妙に現実的だ。清貧を愛する蕪村だが、画材や書籍購入のためにいつも借金に責められていた。その鬱懐が夢に結ばれたとも考えられる。《いのちみこころ》にも関連するが、〝夢は五臓の疲れ〟という諺が通用していた。

景そのものにも《かそけき》気分を感じる。「質屋一軒」が心細い。それに輪を掛けて「両村に」である。書画と俳諧の「両蕪村」を象徴しているのではなかろうか。

〈風流は寒きものなり〉と言われた。素寒貧《すっかんぴん》という言葉もあるように、「寒」と「貧」は隣り合わせ。命ぎりぎりの生活という感覚もまた《かそけききは》である。

夢の句には、次のようなものもある。

みじか夜やおもひがけなき夢の告《つげ》（明和八年）

狐火の燃つくばかり枯尾花　（安永三年）

「是《これ》は塩からき様なれども、いたさねばならぬ事にて候」と、俳友大魯宛の書簡にある（安永三年九月二十三日付）。つまり、塩気がきつくて情意が見え見え（陳腐）だけれど、流行に泥《なず》むことも必要なので「いたさねば（詠まねば）ならぬ」という。

「塩からき様」は《かそけききは》の対極にある句風と言える。そんな句を取り上げたことで、あの世に行ったら蕪村の霊に叱られそうだが、こちらも「いたさねばならぬ事」として論じたい。

一句は「狐火」がぽっと浮かび「かれ尾花」に「燃つく」ほどだ、という句意。「狐火」は、冬の野に現れる正体不明の微光だが、それを「燃つくばかり」と見たのが詩人の濃やかな感性である。

《きは》は、際どい現象の起こるところと前に書いた。「つく」は「狐」の縁語として、「憑く」を掛けている。〝狐憑き〟をイメージさせる。そんな現象があると信じる世の中の感覚から言えば、「つく」のは「はなるゝ」と好一対を成し、やはり事物の表層《きは》で起こる。

さらに解すれば、「狐」「つく」「尾」の縁語の三題噺《ばなし》とも思え、それが蕪村をして「塩からき」と言わしめた。

同じく「狐」の秋句に〈小狐の何にむせけむ小萩はら（明和五年頃）〉がある。「何にむせけむ」とは、幻術の稽古に励む「小狐」がドロンの煙に「むせた」のでもあろうか、と案じている風だ。あるいは、死者を荼毘《だび》に付した煙でもあろうか。

蕪村は、絵画でも〈変化《へんげ》＝妖怪〉や『百鬼夜行図』などを描いた。また、関東での修行中には、「猫又《ねこまた》」の話を聴いて強い好奇心を示している。

当時の人々は、霊魂の世界や地獄極楽に畏怖の念も強く、《かそけき》もののけ（物の怪）

の気配にも敏感だった。その感受性や想像力は、蕪村のみならず他の芸術家にも共有されていた。それこそは、日本文化の基底に脈々と流れている特質の一つである。

桃源の路次の細さよ冬ごもり　（明和六年頃）

京都の町は、大路小路が縦横に走り家々を区切っている。定住して間もない蕪村は、そこに「みやこ」の〝ただならぬ血流とエネルギー〟を感じ取った。

「路次の細さ」は、どこか毛細血管のような印象を与える。少なくとも大路を堂々と歩くような活気はない。しかし、そんな路次こそ「桃源（郷）」だと詠じている。蕪村の中にある〝よそ者意識〟が、そのことを確信させたようだ。

蕪村の京都生活は、諸人に請われての決断であったはず。画業への自信といささか野心もあっただろう。俳諧に関しても、すぐに夜半亭二世宗匠として立机することになったのだから、両面での名声は確立されていた。そこで、あくまでも便宜上、還俗して京都で所帯を持ったのだと察せられる。

蕪村自身は、隠棲を求めていた。それが叶わないから、せめて「冬ごもり」の時期くらいは、隠逸の気分をたっぷり味わいたいと願った。

「冬ごもり」は、《かそけききは》を愛する蕪村にとっての「桃源郷」であったことがそこはかとなく伝わってくる。京の暮らしが長くなり冬の寒さも経験するうちに、「冬ごもり」がますます欠かせぬものとなっていった。

次のような句もある。

冬ごもり母屋《もや》へ十歩の縁《えん》伝ひ（安永三年）

その「十歩」は、蕪村にとって能の橋懸《はしがか》りのように異界から俗世へ入る儀式めいたものだったのかもしれない。「縁」（縁側のこと）は「ふち」とも読み、《きは》と同じ意味を持つ。蕪村における〈言葉と事象の親和性〉が、〈かそけく〉も見えてくる。

「桃源」の典拠は、陶淵明（中国東晋末から南朝宋代の文人。三六五〜四二七）の詩の一節「初極狭、纔通人、復行数十歩、豁然開朗（初めは極めて狭く、わずかに人を通すのみ。また行くこと数十歩、豁然《かつぜん》として朗らかに開く）」（『桃花源記』）と考えられる。「十歩」の措辞も、ここから取ったのだろう。

蕪村の漢籍趣味については、七景《いにしへふみ》でまた述べたい。

あらずになし

三景

三景　あらずになし

蕪村は、芸術という〈有〉の世界に生きながら、〈無〉の相にもそこはかとない情趣を見出し、数多くの句を得た。俳諧の形式では〈否定表現〉である。「はなるゝ」「失ふ」などの《かそけききは》が極まって、無に帰した様とも言える。それをしも《あらずになし》の景と題する。

〈もののあはれ〉を追求して、ついにその極の〈否定表現〉に辿り着いたとも言える。蕪村独自の発明ではないが、句体における〈否定表現〉の効果については深い確信（頓悟）を得ていたと考えられる。和歌伝来の情趣であり、語法でもあったからだ。

〈もののあはれ〉は、よく〈無常観〉という言葉に置き換えられる。解すれば「常ならず」である。〈無常観〉は、「常」なるものを強く求める思いがあり、それが満たされないと悟ったときに生じる、一種の諦観（あきらめの気持ち）である。たとえば、自然の猛威の前の諦観もあるだろう。しかし、それは絶望ではなく希望を内包する〈あきらめ〉なのだ。

今日的な価値観から言えば、〈否定表現〉はネガティブな物言いだと、それこそ否定されがちである。が、詩情をもって成り立つ世界では、無なる事、非なる相、虚なる心こそが叙するに値する。特に私たち日本人は古来、さまざまな〈否定表現〉に慣れ親しみ、詩情の基礎となる詞（言の葉）を育んできた。一説には、〝否定はレトリック（修辞）の母〟だとも言われる。

日本語には、敬語や謙譲語など身を下に置く表現も多くある。どこからが否定で、どこまでがそうではないかは「察する」という高度な頭脳の働きに拠らなければならない面もある。

《あらずになし》の景は二重否定、婉曲表現などを含めて、日本語が否定表現の機微に基調が置かれていることを改めて発見するよすがにもなる。蕪村二千八百余句中、一割強（三百句以上）が何らかの否定形である。それは何を意味するのだろうか。

〈春〉

うぐひすに老がひが耳なかりけり　（天明二年）

「なかりけり」は、和歌由来の常套的な〈否定表現〉である。たとえば…

寂しさはその色としもなかりけり槙立つ山の秋の夕暮　寂蓮法師

見わたせば花も紅葉もなかりけり浦の苫屋の秋の夕暮　藤原定家朝臣

〈三夕〉として知られる名歌のうち二首に用いられ、「秋の夕暮」の寂寥感を空無と成りゆく景に表した。（もう一首は西行の〈心なき身にもあはれはしられけり鴫たつ沢の秋の夕暮〉。これも「心なき」と否定表現を用いている）

蕪村は、むろんその伝統を踏まえている。「なかりけり」の実体を「老《おい》がひが耳」としたのが俳諧味である。句意は「鶯の声ならば、どんな老人も聞き間違い（ひが耳）はあるまい」と。自身も含めての老耄《ろうもう》を笑いながら、余情として寂寥感を沁み渡らせた。

「なかりけり」は〈切字〉の「けり」を用いているが、どこか止め具合が半端な印象を免れない。連歌・連句では、この後に〈脇句〉が続くという想定があるからだろう。発句だけでは、どうしても〝それで…？〟と問い直したくなるような、宙ぶらりんな気分に読者を置きざりにするようなところがある。

歌仙（三十六句で一巻）を巻く連句の原則からすれば、一句の後に〈脇句〉を付ける余白があるほどよいということなのだろう。せっかくなので、次のように付けてみる。

十月《とつき》十日の嫁うづく頃

…と、これは不出来につき、「なかりけり」の話にしていただきたい。

古川柳にも〈色男金《かね》と力はなかりけり〉とある。現代は、「そうでもなかりけり」か。

春の水山なき国を流れけり　（明和六年頃）

この句については、正岡子規の同人内で大分もめたらしい。特に内藤鳴雪との論争は、長く続いた。子規は『地理的観念と絵画的観念』の題で次のように述べている。

意見の異なる所は、翁（鳴雪のこと）は此句《このく》を謂《い》ひて蕪村集中の秀逸俳諧発句中の上乗と断定し、而《しか》して余（子規）は此句の品位を定むる事翁のよりは一二等の下に在るなり。蓋《けだ》し其《その》理由は此句の意《こころ》単に目前の有形物を詠ずるに非ずして却て無形の理屈を包含するが如く従つて人の感情を起さしむる事少しと云ふに在るなり。

以下は略すが、子規はこの句を〝地理的な理屈〟を述べているにすぎず、あまり評価できないとした。〈写生〉を主眼とした子規の俳句論（「目前の有形物を詠ずる」）からすれば、

「山なき国」というのは自分の目で直に見た〈実景〉ではなく、他人から聞いたような〈理屈〉だと見なすのも無理はない。

だが、それは蕪村が求めた〈俳諧の自在〉に悖《もと》る狭量な考え方だ。子規の論を是とするなら、蕪村の句は成り立たない。「山なき国」は、「不夜城」「空のない東京」「声無き民」などと同様に詩の詞《ことば》と見るべきだ。

何にせよ、一句の眼目は「山なき国」に尽きる。しかも「国」は明治の大日本帝国のような国家ではなく、江戸時代の小藩を指している。春霞で「山が見えぬ国」の意味に解釈してもよい。その他、類した語法の句を掲げておく。

地を開く長《おさ》なき国の夏野哉（安永六年）

海のなき京おそろしや鰒汁《ふくと》（明和五年頃・冬）※「鰒」は「ふぐ」のこと

陽炎や名もしらぬ虫の白き飛（安永四年）

生物学者でもおわした昭和天皇（在位一九二六〜一九八九）に、御付きの者が「名もない草」と申し上げた際に、「それは正しくない。どんな草にも名はある。『名も知らぬ』と言うべきである」とたしなめられたエピソードがある。

その意味で蕪村の措辞は正しいが、「名も無き虫の」とすれば中七で数も合ったはず。それを「名もしらぬ虫」と、敢えて破調の字余りを選択したのはなぜだろうか。

一つには「し」音を重ねて、「陽炎」のしらじらと揺曳する様を韻律の上で表現したかったのだと考えられる。もう一つは、「陽炎」との対比の意味がある。自然現象として「名」は知っているが、実体のよくつかめない「陽炎」。一方は「名もしらぬ」ながら、「白き」実体のある「虫」。〝有も無も定かならぬ春ののどかさよ〟と嘆じたのである。

古来、「名を知られる」のは実体を穢す（何かが憑く）として忌むべきこととされた。逆に言えば「名もしらぬ」ことこそが尊いとして、先人たちは〈あくがれ＝憧憬〉や〈思慕〉の心を育んできた。なればこそ、島崎藤村（一八七二～一九四三）も『椰子《やし》の実』で「名も知らぬ遠き島より…」と詠じ、海外への憧れを人々の心に呼び起こすことができた。

知っていても「知らぬ」と言う奥床しさが、日本の諸文化の根底に流れている。和歌で「知らぬ」者がいないくらい有名な〈これやこの行くも帰るも別れては知るも知らぬも逢坂の関　蝉丸〉は、『百人一首』にも撰せられている。

「知らぬ」と言うのは、「知りたい」という強い願望の裏返しとも考えられる。

うつゝなきつまみごゝろの胡蝶哉　（安永二年）

「うつゝなき」に、存在の有無への探求心が窺える。ここでは「夢と現《うつつ》」に置き換えられた。題材を中国の古典『荘子』中にある〈胡蝶の夢〉から取ったと思われる。こういう話だ。ある時、著者の荘周（前三七〇〜前二八七）は胡蝶となって飛ぶ夢を見た。目覚めると、夢に見た胡蝶が現で、人でいる今が夢のようだと言い、人生の儚さを寓した。

蕪村も中国風文人画の世界を理想とし、荘子の境地に憧れた。そこに「うつゝなき」（現実のようでない、実体があるように思えない）という感覚美を見出し、それを自由無碍、すなわち夢のような気分として句に再現してみせた。

景は実に幻想的だ。〈有るのか無いのかわからない、つまんだ触感の胡蝶だよ〉と。韻律も「うつゝなき・つ〜」と「ごゝろの・こ〜」に、心地よさを感じる。言語遊戯の伝統を愛する私は、こういう表現に一も二もなく共鳴する。ただただ〈言の葉〉の変幻自在さに酔い痴れる。まことに、幻想は陶酔の母である。

それはさて、ここでは〈否定形〉としての「うつゝなし」を考える。類する古語に「あやなし」「あじきなし」「なさけなし」「こころなし」などがある。「こころなし」は、「しづこころなし」「こころなしか」などと応用する。それらの用法は、和歌の詠み人たちがさまざまな工夫を凝らした成果でもある。

それらの措辞を残すか廃らすか、生殺与奪の権は現代人の胸三寸にある。ただ漫然と廃らすのは、実にどうも「なさけなし」「こころなし」と思わぬでもなし、だ。

〈夏〉

鮎くれてよらで過行夜半の門　（明和五年）

「よらで過ぐ」は蕪村の常套辞と言ってよい。「寄らないで過ぎる」と言うところを略した表現だ。何か複雑な事情を暗示し、詩情を高める効果覿面《てきめん》である。

「〜で」の否定形では、「知らで」「待たで」「消なで」「覚《さ》まさで」などが蕪村句を彩っている。ほとんどの場合、その後には別の行為（動詞）が配され、〝泣く泣く〟とか〝意に反して〟といった残念な思い（心残り）が予定されて調和する。それだけに、実景ながら〈実情〉を強く伝えるにも以て力がある。

一句は中国の故事を踏んだとされる。書の大家として高名な王羲之《ぎし》（三〇三〜三六一）の子、王子猷《しゆう》（三三八〜三八六）がふと心に浮かんだ友人の載安道を舟で訪ねたが、「よらで」過ぎた話だ。

「よらで」の理由は、必ず美談や教訓でなければならない。つまり、〈含み〉が求められる。ところが子猷は、訪ねたい思いを果たしただけで満足したという。そこに敢えて〈含み〉を読み取るとすれば、内田百閒（一八八九〜一九七一）作『阿房列車』のように〝ただ行く〟だけの純粋な目的が強調される。また、友人が無事でいることをほのかに確かめればよいということか。

一句で「鮎くれて」の人物は、蕪村の門人かと察せられる。「夜半の門《よわ》」とあるところから、夜半亭《やはん》二世の蕪村を訪ねたと知れるからだ。亭主としては、「よらで」の奥床しさに感じ入っている。意地悪く解釈すれば、「鮎」を「阿諛《あゆ》（おべっか）」に置き換えることもできる。しかし、「よらで過行」が利いて〝いやいや、なかなかに遠慮深い好人物ではないか〟と思い直した印象が残る。

ちなみに「くれて」は、「届けてくれて」と「（日が）暮れて」の両意があるようだ。「過行夜半」と続くことで、時間の推移と人々の往来の盛んな夏の様子が共に暗示される。「よらで過」の用例を他にも掲げて「過ぎる」ことにする。

高麗《こま》舟のよらで過ゆく霞かな（明和六年・春）

摂待へよらで過行狂女哉（安永七年頃・秋）

よらで過る藤沢寺のもみぢ哉（天明二年頃・秋）

若竹や橋本の遊女ありやなし　（安永四年）

「ありやなし」は、『伊勢物語』の在原業平朝臣（八二五〜八八〇）の歌で知られる。

名にしおはばいざ言問はむ都鳥わが思ふ人はありやなしやと

「橋本の遊女」が、蕪村の「わが思ふ人」だろう。歌を面影にしたことで、「遊女」の存在がぐっと際立った。自身も「遊女」も、若かりし頃であったことが「若竹や」に凝縮されている。

「ありやなし（や）」は、「生きているかどうか」というほどの際どい思慕を伝える。完全な〈否定表現〉と言うよりは〝どちらとも定かでない〟宙ぶらりんな思いのありようを示す。むしろ《かそけききは》に近い。「あり」とすれば、会いに行くだろうか。否、思い出を大切にしようと思いとどまるだろう。「なし」と聞かされても、やはり悲しみが深くなるから と、墓所を訪ねたりはしないだろう。ただ〝しのぶ恋〟を仄かに燃え立たせるだけである。

橋本遊郭はかつて京都西郊の山崎（今は竹、筍の産地。また名水の地で知られる）にあり、石清水八幡や宝寺の参拝客などを集めた。「橋本の遊女」と言えば、八幡太郎源義家（一〇三九〜一一〇六）の長男義平《よしひら》（一一四〇〜一一六〇）の母も想起される。

とどのつまり、「竹」と「橋本」は縁語として響き合う。「若竹」の林にさわさわと立つ風の音が、「遊女」の消息を伝えるようだ。それもまた「ありやなしや」の静けさの中に。

次の句も味わい深い。

なき人のあるかとぞおもふ薄羽織（安永六年・夏）

嵯峨の雅因が閑を訪て

うは風に音なき麦をまくらもと　（安永三年）

一句は、閑居の友に献じた。当時、嵯峨野にも麦畑が多くあったのだろう。歌語の「うは（上）風」が颯々と吹くようで「音なき麦」がなんとも心地よい。

「音なき（なし）」を厳密に言えば、〝音は微かにするのだろうが、聞き取れない〟というほどのこと。これも《かそけききは》に生じる現象の形容詞に属する。この便利な古語は、今も「おとなしい」という言葉に変じて残っている。

蕪村もまた、便利さの虜になったかのように多用（全十句）している。その中に…

とろゝ汲む音なしの滝や夏木立（明和八年）

「音無しの滝（音無川）」は歌枕として名高い。和歌山県の熊野川支流で、後鳥羽院、紀貫之、清原元輔（清少納言の父）など錚々《そうそう》たる詠み人が歌を残している。

「音」は「おとずれ」や「音沙汰」の語源にもなり、それだけで〈存在〉を意味する。また「無音」と言えば、手紙（便り）もなく「ありやなしや」の思いが深い場合に使う。思いの先には、なんらかの衰勢や死への危惧もあるだろう。

蕪村は、友の「まくらもと」に「麦」の穂を幾本か届けたと思われる。それを以て、しばらく「音ずれ」のなかったことを詫びたと解せる。そうなると、「音なき」が「音する」以上の強い効果を示す。友は病床に臥しているのだろう。

かえって否定形の中に、逆説的な心情をこめて成功した。「音なし」は、なかなかおとなしくはない。一語にして含蓄深し、である。

「雅因」は京都島原遊郭の妓楼・吉文字屋の主人で、蕪村の俳友炭太祇《すみたいぎ》（一七〇九〜一七七一）にも有縁の恩人である。太祇については五景《をんないろいろ》春の句で、まったわずかに述べる。

雨と成恋はしらじな雲の峰　（明和七年）

「雨と成恋《なる》」とは、『巫山《ふざん》の夢（雲雨）』の故事に由来する。すなわち中国周代、楚の襄王《じょう》（？〜前六一九）が、夢の中で契った神女が「旦《あした》ニハ朝雲トナリ暮ニハ行雨トナラン」と言って去った話である。

江戸時代、俳諧を嗜むほどの者なら、必ず知っていなければならない教養の一つであった。しかし、そんな艶っぽい伝説など、いかにも無骨そうな「雲の峰（入道雲）」は「しらじな（＝知らないだろうな）」と詠嘆している。

「しらじな」の措辞が、えも言えぬ雅味を添える。そこに恋の匂らしい情趣が醸し出される。逆に、浮世の色恋沙汰などには無頓着そうな「雲の峰」の堂々たる威容も浮かび上がる。

蕪村は、この故事を〈雲雨の情〉として句作の下敷きにさんざ採用している。蕪村の句で「雲」や「雨」が現れれば、十中八九〈恋情〉を思わなければならない。

「しらじ」と仮名に開いたのは、「雲の峰」の「白々」とした様を印象付ける意図もあると考えられる。「知らぬ存ぜぬ」ふりをする意味で「しらを切る」とか「白々しい」というのは、こんな言葉遊びの伝統から生まれている。

何も「しらじ」という態度で恋（しのぶ恋）をするのが理想とされた。思えば、何かを「知る」ことは人として成長することであると同時に、どこか〈穢《けが》れ〉の印象も拭えない。日本の女性が、つい数十年前まで「知らないわ、いじわる」とか「知らない、知らない」と拗《す》ねたりしたのも、恋のかけひきの上で重要な言葉であることを〝知らせて〟くれる。

さらに二句。

しら露の信濃はしらじ甲斐の黒（明和五年頃・秋）

月に漕《こぐ》呉人はしらじあめの魚（安永八年・秋）

〈秋〉

負まじき角力を寝ものがたり哉（明和五年頃）

「負《まく》まじき」は〝負けるはずではなかった〟の意味。「角力《すまい》」（相撲、力士）が寝ずに語るのである。歯ぎしり混じりの悔しさがこもる。「負まじき」の一語の密度が濃い。言い換えれば、そういう簡潔明瞭な語や表現を探求するのが俳諧道だった。

「〜まじ」の用法は、「許すまじ」「ただでは返すまじ」「死んでも離すまじ」など、どこか必死の覚悟を示す場合にふさわしい。それらと無縁な言葉だが、「すさまじ」の気分も含むように感じる。

これを「敗戦の」としたら、どうだろうか。「負け」を淡々と受け止めているような気配で、悔しさやもっと深い場合には遺恨のような感情が欠如してしまう。同じ否定形でも「勝ち切れぬ」とか「負けぬべき」では表現し切れない情感が、「負まじき」にはこもっている。そのあたりは、なんとも説明のしようがなく、ただ蕪村の手練に三嘆させられるのみである。

ここまで数種の否定表現を取り上げてきたが、蕪村は闇雲に使っているわけでなく、語法をきちんと計算して仕立てたような気配がある。この句では、どこか滑稽味を帯びた景に「負まじき」と、口語に近い俗語を用いた。川柳風とまでは言わずとも、かなり相通じる気分を醸す。艶冶《えんや》な景にはこれ、滑稽な景にはそれと、自在に言葉を使い分けているのがわかる。

江戸俳諧は〈姿情〉を重視し、句体と情趣の一致を探求した。蕪村もまた蕪村なりに、否定形の句体に挑み、さまざまな趣向を凝らしてみせた。

花薄刈のこすとはあらなくに　（安永六年）

句意は、「花薄《はなすすき》は（誰も）刈り残したわけでもないのになあ」。余情として〝いかにも刈り残したように揺れているじゃないか〟との思いを潜める。

「あらなくに」は、簡略に訳してしまえば「ないのに」だが、そう簡単に「ない」とは言いたくない（あって欲しい＝あらまほしき）気分を蔵する。『万葉集』由来の歌語である。代表的な用例を挙げてみよう。

思ふらむ人にあらなくにねもころに情《こころ》尽して恋ふるわれかも　大伴家持

集の編者自身が詠んだ恋歌である。「それほど思いをかける女性でもなかったのに、ついつい懇《ねんご》ろに情をこめて愛してしまうのが私なのだ（私はそんなにも情愛の深い男なのだよ）」と、まさしく万葉調の大らかさで好色ぶりを誇っている。

そもそも蕪村は、〈万葉ぶり〉を〃ぬめり〃ある風趣として批判していた（ぬめりとは、表現のしつこさや古語ゆえの嫌味といった風趣）。なのになぜ、こんな一句を詠んだのだろうか。

私は、〈万葉ぶり〉の是非云々より語法として「あらなくに」を凍結保存する必要に、〃言の葉の探求者〃蕪村が突き動かされたのだと見たい。さもなくば、否定形のコレクションにどうしても「あらなくに」を加えたい欲求が勝ったか。もしくは、〈万葉ぶり〉の〃ぬめり〃でしか言い表せない嫌な事があったのか。

これを詠んだ安永六年という年は、まさにいろいろあった。詳細は、五景《をんないろいろ》で述べたい。

水かれがれ蓼歟あらぬ歟蕎麦歟否歟　（年次未詳）

漢詩風の趣向で遊んだ一句。「それかあらぬか」という常套句にならって、「蓼歟《たでか》あらぬ歟」

と立て、次いで「蕎麦《そば》歟否《いな》歟」と畳み掛けた。四つもの「歟」は、反語の措辞。「あらぬ」「否」の否定語もその反語の中に取り込まれ、差し迫った調子を生む効果が覿面に表れた。

作句の年次が未詳であるところから、あるいは試作の句帳に秘されていたものかもしれない。こんな異色の否定表現の句も秘かに作っていたとしたら、蕪村がある種の確信を持って〈否定形〉に向き合っていたものと、こちらも確信したくなる。

「水かれがれ（涸れ涸れ）」が先に状況説明としてあり、その後は要するに「水が引いた後の泥で、何が何だか見極めがつかないよ」と嘆じている。それだけ否定と反語の泥濘《どろんこ》の中に叩き込んでも、なお〈混沌の景〉として成立する。その曖昧模糊とした相を、読者はむしろ想像力を働かす余地として愛してよい。

否定しつつ、反語も入れつつ、なお見えてくるものは何か。「蓼」であれ、「蕎麦」であれ、また他の何かだと了解したとしても、それで〝なあんだ、そうだったのか〟と一時は多少の感動があるだろう。それよりも、それが「何」なのかわからないままにいる今という時間が〝永久に続く方が楽しくはないか〟と、蕪村は問うているようでもある。

さらに哲学的なメッセージとして深読みするならば、この世のことは〝この情景と同じように、わからないことだらけじゃないか〟とも。是ぞ〝無を極めて有を得る〟極意か、否か。

三たび啼て聞えずなりぬ鹿の声　（安永五年）

いわく付きの一句である。

芭蕉翁への敬慕やみ難く、有力なメンバーと共に京都北東一乗寺村の金福寺に「芭蕉庵」を建立（四月）。その秋の句会で詠んだ。初めは下五を「雨の鹿」としたが、推敲の手を入れた。「雨の鹿」なら当日の天気を伝える挨拶になるが、半面、理屈が勝ちすぎる。「雨音に消された」と、種明かししている印象を生むからだ。そこで「雨」を引き算し、さらに「声」を足し算して強調した。

「鹿の声」は悲しい。「三たび啼《なき》て」となれば、秋の寂寥感がひしひしと身に迫る。それがふと「聞えずなりぬ」となった。聞こえていた時より、さらに寂寥感が増す。「声」と強めたことで、作者のそれを〝探ね求める情〟も明瞭に表れた。

これをただの〈写生句〉とみれば、「雨の鹿」と「鹿の声」の差異は小さい。しかし、芭蕉庵で詠んだ句である。当時、日本中で芭蕉ブームが巻き起こっていた事実こそが重要だ。蕪村の胸には、俳聖芭蕉への尊崇の念が一時の〈流行〉でなく、〈不易〉の感を伴って湧き立っていたと考えるべきである。

「聞えずなりぬ」に深い喪失感を汲み取らなければ、蕪村の創意も無に帰す。蕪村は書簡などでも「聞こえず」をよく用いている。特に俳諧においては〈聞キ〉や〈聞こえ〉を重視する。いわゆる詩句における韻律の意味で、芭蕉の言葉を借りれば〝調べ〟ということになる。

それらのことを総合的に考えると、「聞えずなりぬ」に込められた情とは、芭蕉翁に匹敵するような（鹿の声のように哀愁に満ちた）名吟が世の中から「聞こえなくなってしまった」という痛恨と哀惜の念ではなかったのだろうか。

〈冬〉

辛崎を夜にしかねたる時雨哉

（明和七年頃）

「〜しかねる」という措辞には、日本語独特の微妙な心理がこめられる。遠慮がちに拒否または不可能を伝える場合や、実行を妨げるものがある場合に用いる。

この句では、「時雨」が「夜」になるのを許さないと解せる。辛崎は〈近江八景〉の一つ「辛崎夜雨」として名高い。ところが〝降りみ降らずみ〟で定まらない「時雨」では、なかなか「夜」にならず困るという情なのである。歌枕として詠み継がれてきた「辛崎」を俳諧味たっぷりに仕立て直した。

はしなくも〝降りみ降らずみ〟と書いたが、それは「時雨」のためにある形容のようではないか。「時雨」そのものが〈否定形〉を包含した気象とも言える。それを裏付けるかのように、蕪村の「時雨」の句は多くが〈否定形〉の蓑笠《みのかさ》をまとっている。

代表的な三句を年代順に挙げる。

しぐるゝや山は帯するひまもなし（明和八年）　※五景・冬で詳説する

絶え絶えの雲しのびずよ初しぐれ（安永七年）

夕しぐれ車大工も来ぬ日哉（天明三年）

比して〈時雨忌〉の主である芭蕉には、「時雨」を否定形で詠んだものが一句しか見えない。この差は、両者の作句姿勢にあるようだ。〝旅に棲んだ〟翁と〝隠棲を求めた〟蕪村との差である。

叙景の芭蕉、叙情の蕪村と言えようか。言い換えれば、足し算的句法の芭蕉、引き算的句法の蕪村とも。芭蕉の「辛崎」の句は…

辛崎の松は花より朧にて（『野ざらし紀行』掲載）

寒菊を愛すともなき垣根哉　（明和五年）

普通は「寒菊を愛す垣根」とすべきを、「愛すともなき」と否定した。「〜とも」は、現代でも「如何《いかん》ともしがたい」「当たらずとも遠からじ」などと強意の否定文に用いられる。「愛すともなき」と強調したのには、それだけの理由があるはず。

歌語の「垣根」は、愛しい人を「垣間見《かいま》る」象徴的な場として用いられる。つまり、和歌の時代には恋の檜舞台だった。そこに咲く「寒菊」が「愛すともなき」なのは、恋心の薄れてしまったことを暗示する。さらに記号論的に言えば、「菊の垣根」は中国六朝時代の詩人・陶淵明の『雑詩』から「菊ヲ東籬《とうり》ノ下ニ採ル」を面影にしている。

「籬」は和語で「まがき」と読み、「垣根」と同義である。陶淵明は『帰去来辞《ききょらいのじ》』で知られるように、田園に去り半ば隠遁生活を送った。ちなみに〈蕪村〉の号は、『帰去来辞』の一節「田園まさに蕪《あ》れなんとす」から取ったとされる。

こんな句もある。

けしの花籬すべくもあらぬ哉　（安永三年・夏）

「籬」は一種の結界を意味する。あるいは「神籬《ひもろぎ》」に由来するか。江戸の官許遊郭・吉原で大店《おおだな》のことを「大籬《おおまがき》」と呼んだのも、そういう別世界的な意味合いを持たせたのだろう。ともかく、蕪村のさまざまな生活心情の結界として「菊の垣根」が存在する。それを「愛すともなき」気分になった。よほど失望や失恋の痛手が大きいらしい。

日本語は〈膠着語〉とされる。文を最後まで読まなければ（聞かなければ）、肯定文か否定文かがわからない類の言語だ。逆に言えば、〈膠着語〉ならではの〝結論をすぐには言わない〟という性質が、否定形の措辞を豊かにしたのである。

使う言語によって、その民族の意識や精神性が大きく影響を受けるとすれば、否定形を多用する文学に育まれた日本民族は、やはり奥ゆかしいと言わざるを得ない。

あじなきや真結びに成ぬ足袋の紐　（明和五年頃）

「あじなき」は否定形の形容詞。「あじきなし」とも言う。「程度がひどい」「どうにもならない」「無意味・無用」「面白くない・なさけない」などの意味に用いられる。便利な言葉だ。一句は、「足袋の紐」を解けないほど固く結んでしまって〝面白くない〟と嘆いている。なんとなく句としても、いささか「あじなき」ではないか。

「あじ（き）なし」に類する言葉は無数にある。蕪村の否定形コレクションに沿って見れば、「つれなし」〈揚土の小雨つれなき田螺哉（明和六年）〉、「わりなし」〈わりなしやつばめ巣づくる塔の前（年次不詳）〉、「や（む）ごとなし」〈春の夜ややごとなき人に行違ひ（明和六年)〉、「いわけなし」〈更衣いわけなき身の田むし哉(明和六年)〉…。煩雑になるので、このくらいにしておこう。

個々の意味は改めて解説しないが、蕪村の〈俗語を用ゐて〉という信条から考えて、それらは実に使い勝手のよい〈俗語〉だったのだろう。現代にも伝わる同種の形容詞には「しかたない」「やるせない」「せつない」「おもいがけない」など、枚挙に「いとまない」。「あじきなし」も意味が微妙に変わり、「味気《あじけ》ない」の形で残る。

こうなると、蕪村が特に否定形を好んだというより、日本語そのものが否定形の形容詞を広く容認していると考えなければならない(この「〜ねばならない」も日本語では多い用法だ)。

結論は避けるが、蕪村は〝詞が先か、情が先か〟で大いに葛藤したのではないかと思える。その上で、無数の否定表現を自家薬籠中の物としたように推測できる。

笠着てわらぢはきながら
芭蕉去てそのゝちいまだ年くれず　(安永五年以前)

詞書は、芭蕉の句〈年暮れぬ笠着てわらぢ履きながら〉からの引用。さらに蕪村の遺文には「此句を沈吟し侍れば、心もすみわたりて、我《わが》ための摩呵止観《まかしかん》ともいふべし。蕉翁去て蕉翁なし。とし又去や又来るや」とある。摩呵（訶）止観とは、仏教天台宗の修行の根本とされる理念書、教科書のこと。

俳聖松尾芭蕉への敬慕もここに極まった。「芭蕉が世を去ってからというもの、俳諧の世界は全く混沌として高雅さを失ってしまい、大晦日のような大団円を迎えるに至っていない。いつまでも年が暮れないような思いだ」という句意である。

蕪村には、「蕉翁の後に蕉翁なし」の思い痛切だ。その哀惜の念を埋めるために、蕪村は俳諧道に精進した。一句は蕉翁へのオマージュとも、蕉風復興の狼煙《のろし》とも言える。

「年暮れる」の季語を「くれず」と否定形にしては、本来なら季語の用をなさない。しかし、蕪村は「年暮れる」季節感を逆手にとって、そんなことは承知の上で慙愧《ざんき》の念を「くれず」にこめた。年の数が「繰れず」を掛けたとも考えられる。

蕪村の言葉（『むかしを今』の序）に「我が門にしめすところは、阿叟（師の宋阿）の磊落《らいらく》なる語勢にならはず、もはら（専ら）蕉翁のさびしをりをしたひ、いにしへにかへさんことをおもふ」とある。つまりは、芭蕉の理念を継承すると表明した。

《あらずになし》の景をたどる過程で、図らずも蕪村の〈芭蕉への敬慕〉を伝えることになった。芭蕉没後、俳諧道は混乱を極め、何かが大きく狂ってしまった印象を蕪村は抱いた。否定表現は、蕪村流の一つの突破口だったと見ることもできる。

四景

をちこちところどころ

四景　をちこちところどころ

蕪村の本業は絵師である。まだ西洋画の遠近法が伝わっていなかった時代だが、蕪村の絵には明らかに遠近やアングルを意識した南画風の作品が多い。陰陽五行説の空間把捉法に基づく〈中央＋東西南北〉の方位感覚は発句にも生かされている。

発句は、そもそも十七音の語によって短冊に絵を描くようなもの。4W1Hの法則に従えば、「いつ」は季語で概ね解決する。次に「どこで」を設定しなければならない。《をちこちところどころ》の景は、それをいかに的確に伝えるかの技法とも言える。

また、蕪村が晩年定住した〝平安のみやこ〟京都は、いわゆる「風水」

の思想によって建設され、そこに住む人々も代々、方位の呪法を恐れ、祈りをこめつつ暮らした。恵方拝や方違えの習慣などは、今も続ける人がいる。蕪村も、それぞれの方位にこめられた情報には、かなり敏感だった。それが、京人の一般常識でもあったからだろう。

当時、俳諧の季節感や景物の中心軸は京都にあった。歳時記の季語は、ほとんど京都の自然や生活習慣、行事を元に構成された。蕪村が京都に出たのは、文化の中心地で成功することに価値を見出したからにほかならない。

蕪村の芸術的な素養は、三絶（詩・書・画）の習練によって培われた。その才能にいつごろ目覚めたのかは定かでないし、どれを優先したのかも伝えられていない。ただ、三絶の才が揃って初めて、人としても高み（悟りの境地）に至れると考えていた節は窺える。

《をちこちところどころ》の景は、そんな蕪村流の空間や地理の捉え方に主眼を置く。それは、蕪村の視点の移ろいを考えることでもある。前章の景とは対極にある〈肯定的な写実〉の句法と言うことができる。

〈春〉

梅遠近南すべく北すべく　（安永六年）

梅が「遠近《をちこち》」に咲き初《そ》めた。「南へ行こうか北を目指そうか」と、贅沢な悩みを一句にこめた。実に大胆で骨太な詠みぶりだが、ともすると表現の機械的なのを咎められるかもしれない。

「南《みんなみ》すべく北すべく」は漢詩の表現に由来する。元来、漢詩には対置法という修辞があり、蕪村はそれを俳諧に移植した。〈対句〉とも言う。別に蕪村の専売特許ではない。ただ南画家という職業柄、他の俳諧師よりも配置の妙をよく心得ていたと思われる。

春泥舎の俳人召波（黒柳氏）に「あなたは漢詩の素養が深いのだから、それを俳諧に活用すべきだ」と諭した書簡が残っている。自然はもとより、諸芸術や古典などからもインスピレーションを得たり、翻案や換骨奪胎《かんこつだったい》の法を試みたりしたのがわかる。

この句を作った安永六年、蕪村は多端であった（次景《をんないろいろ》で詳述）。心の中も「南すべく北すべく」と、煩悶を繰り返すようなゆらぎがあったと思われる。それかあらぬか、多作の年でもあった。

「南すべく北すべく」の例として、『蒙求《もうぎゅう》』に「楊朱泣岐」がある。〈楊枝見逵路而哭之。為其可以南可以北＝楊《やなぎ》の枝が岐路を見てこれに哭《な》く。其の以て南すべき以て北すべきが為なり（藤田真一氏訳）〉。

蛇足ながら章題の《をちこち〜》は、この句に由来する。他にも用例がある。

おちこちに滝の音聞く若葉かな（夏・安永六年）

遠近おちこちと打きぬた哉（秋・明和五年頃）

「あちこち」と言うこともある。現代語では漠然とした「あちらこちら」の意味で、明確に遠近を意識させることは少ない。

春水や四条五条の橋の下　（天明元年頃）

謡曲『熊野《ゆや》』に「四条五条の橋の上」という文句がある。それを踏んでいる。フランスの詩では「橋の下をたくさんの水が流れた」と表現して、長い歳月が流れた感慨に換える。当然ながら、蕪村も同様の感慨を込めて詠んだ。「四条五条の橋」には、その上を通った過去現在の人々の姿も彷彿としてくる。かの牛若丸と弁慶が出会ったのも「五条の橋の上」とされる。

「春水」は比叡山や北山辺の雪解け水であり、京の町に新たな生気を送り届ける。なんとなれば、「四条五条」は最も繁華な町筋でもあった。橋の下でも芝居小屋や出店などが設《しつら》えられ、そこで生きる河原者の中から歌舞伎役者の祖・出雲の阿国《おくに》（一五七二？〜没年不詳）なども登場した。そんな歴史的な景観も浮かび、作者と共に橋の上に佇んで「春水」を眺めているような気分になる。

蕪村は、絵画の世界では〈四条派〉という括りで語られる。当時、四条通沿いには蕪村のほかに円山応挙（一七三三〜一七九六）、池大雅（一七二三〜一七七六）、伊藤若冲（一七一六〜一八〇〇）などが住んでいた（蕪村は四条通下ル烏丸仏光寺西入ル所に住んだ）。パリ郊外モンマルトルにも似て、野心的な絵師が集結したことに由来する。画風や意識が異なるものを、住所だけで一括りにするのは少々乱暴かもしれない。ただ、そこには〝地の利〟が明らかに存在した。さればこそ、蕪村も京に上っての勝負に出たのだ。応挙や大雅とは交際もあり、深く影響を及ぼし合った。

そう見てくれば、「春の水」は「京の水」と言い換えてもいいような、大きな意味での〝文化的な環境〟という解釈も成り立つ。「京《みやこ》」とは、そういうものだろう。

凧きのふの空の有り所　（明和六年）

歳月（時間）は「橋の下」だけを流れるのではない。「空」を見れば、「きのふ（昨日）」

とは違う色、違う雲。ただ「凧《いかのぼり》」だけが、昨日と同じように漂っている。あるいは、昨日は無かった「凧」が上がっている、「きのふの空」はどこへ行ったのか、とも解せる。とにかく定位置にある「凧」が、不定の「空」をより強く印象づける。「有り所」は、「杳として知れない」ことを暗示する。〃どこへ去ってしまったのだろう〃という喪失感が、余情となって胸を浸す。

「有り所」（行方）を知りたいと思う一方、知り得ないものにこだわって空想を逞しくする性質が、人にはある。蕪村には、何事においても「有り所」を尋ねてみたい探究心が感じられる。この句は、蕪村の俳諧精神を端的に語っているのではないかと思う。「有り所」の〈有〉を言いながら、〈無〉を見ていたのではないかとも。その視野は、《かそけききは》や《あらずになし》の両方面にも及ぶ。

「有り所」は空間（位置）を示している。が、それが「きのふの空」に向かうところから、時間をまさぐっているようにも感じる。蕪村は、あたかも現代科学が言う〃時間は空間である〃という真実を発見したかのようだ（このテーマは最終八景《きのふけふあす》の章で、もう一度考察してみたい）。

現代では、衛星からの映像情報で気象予報をする。雲の流れなど、つぶさに観察できる。そういう便利さの半面、蕪村のように「空の有り所」を思案するような情緒が日々に失われつつある。

我々にとっては、「蕪村の空の有り所」を喪失した事実こそが重大なのではないか。

菜の花や月は東に日は西に　（安永三年）

俳句（俳諧）の歴史に燦然と輝く名句である。贅言は無用だが、ここは蕪村の空間認識法という角度から、少しだけ蛇足を加えたい。

「月は東、日は西」の表現について、蕪村は榎本其角（芭蕉の高弟。一六六一〜一七〇七）の〈いな妻やきのふは東けふは西〉を先蹤とした節がある。蕪村の手柄は、「菜の花」との取合せの妙にある。月光と日光の光明の違いを感じさせるのが、東西（天）の中央（地）にある「菜の花」という配置である。そこに雄大な景が生じた。

絵画的と言えば、これほど明確な画面構成の成功例は少なく、これほど読者の想像野に明瞭な情景を描かせる句も稀有である。しかし、もう一度まっさらな眼で句を見直すと、ただ単純に三つの事象を配置しただけではないこともわかる。まず、リズムがよい。漢字と仮名が交互に並び、字面も美しい。あるいは語られていない部分の大きさが、余情余韻を生んでいるのか。

安永三年、蕪村円熟期の作であり、本職の画業にも大いに自信を深めていた。この二年後の安永五年には、弟子の几董宛に「はいかい物の草画、海内に並ぶ者無く…」などと臆面もなく自慢する手紙を書き送った。池大雅（一七二三〜一七七六）と合作した『十便十宜図』（国宝。明和八年（一七七一）作）も四年前に完成させ、画壇は両者を「日と月」に喩《たと》えていたかもしれない。画風からみて大雅が「日」、蕪村が「月」になろうか。

春の始めに「南すべく北すべく」と悩んだ心も晩春には日月の位置が定まって、人の心も自ずと落ち着いていく。東西南北が定まった感。

〈夏〉

ほとゝぎす平安城を筋違に　（明和八年）

初夏らしい大景である。「筋違《すじかい》に」のあとに、「飛ぶ」または「過ぐ」が省略されている。「平安城」は御所を中心とした、周囲約五キロ四方を指す。黒川道祐（一六二三〜一六九一）がまとめた京都地誌『雍州府志《ようしゅうふし》』には、「東京《ひがしのきょう》五百六十八町、西京《にしのきょう》もまたしかり。左京七百五十八町、右京もまた同じ。東西および皇城、およそ二千七百三十二町。そのうち東西の街衢《がいく》、九条を分ち、条ごとに坊を置く」とある。当時は、洛内とも呼ばれた。

ところが、その「平安城」の内では時鳥《ほととぎす》の声をなかなか聞けなかったという。蕪村も、〝二十数年住んで二度〟しか聞いていない。その定説や事実を踏まえて「筋違に」と詠んだ。つまり「平安城」も、時鳥の通過点にすぎないといった暗示をこめた。

鳥が自由の象徴であるならば、むしろ人間の方が籠（碁盤目の街衢）に閉じ込められた小鳥のようではないか、とも解することができる。

　蕪村は、一見〈叙景〉の句を多く残した。それゆえに子規の一派は、〈写生〉という俳句の拠り所を蕪村に求めたのだろう。しかし、この句を〈写生句〉として論じただけでよいのかという疑問も生じる。蕪村は、もっと心情的な動機を大事にしたのではないか。

　その視点で見直せば、「ほとゝぎす」は蕪村自身の投影と想定しなければならない。芭蕉の『奥の細道』の冒頭「月日は百代の過客にして…古人も多く旅に死せるあり」を思えば、京に定住した蕪村であっても、自ら〈漂泊者の心〉で俳諧修行を続けたであろうことは想像に難くない。「平安城」を過《よ》ぎる「ほとゝぎす」のように、自身も王城の地に無縁な漂泊者に過ぎないのだ、と。

さみだれや大河を前に家二軒　（安永六年）

多分に芭蕉翁の〈五月雨をあつめて早し最上川〉を意識している。江戸時代の俳諧には〈句兄弟〉といって、名句に着想を得て類想的に詠む技法があった。蕪村の胸奥にも、翁に対する敬意とその境地をめざす志とがみなぎっていた。

「大河を前に」が多くの含意を伝える。脅えているのか、泰然自若と覚悟しているのか。それとも「家二軒」とも住人はすでに避難し、家だけがやがて洪水に呑まれる時を待っているのか。そこに「大河の前に」との〝一字の懸隔〟が横たわる。

蕪村は、〝てにをは〟の用法に極めて厳格な規準を持っていた。この句を例にとれば、「大河の前の家二軒」と言っても通じないことはない。しかし、どこか緊張感がなく、だらだらした印象しか与えない。「大河を前に」の措辞でしか醸し出せない情緒がある。

英語では、「前に」の「に」は前置詞に当たる。日本語では単に助詞だが、代用しようと思えば「前で」でも「前の」でも位置関係だけは表現できる。それ以上の何事かを伝えようとすれば、芭蕉が「五月雨をあつめて涼し」ではなく「早し」に改めたのと同様〝舌頭千転（舌先で千回音読して）〟の推敲が必要になる。

蕪村が、このような光景を実際に見たとすれば、父方の故郷の淀川下流辺かもしれない。しかし、それを特定したところで一句の評価が左右されるわけでもない。

子規もこの句を絶賛した。それはいい。が、芭蕉翁の〈最上川〉と比較して、安易な優劣論で蕪村を翁の上に置こうとした。それは勇み足だと思う。先蹤として〈最上川〉があったからこそ、蕪村もこの大景を詠むことができたのだ。

柚の花やゆかしき母屋の乾隅　（安永六年）

「乾隅《いぬいずみ》」が利いている。北西の「隅」を指す。では、なぜ「乾隅」でなければならないのか。しかも「母屋《もや》の」。そこには、陰陽五行説における配当の原則が関わる。天地や世界は「乾坤《けんこん》」とも表現される。易における方角で「乾《いぬい》」と「坤《ひつじさる》」（南西）を指し、陰陽合一の意味も持つ。易の視点から、「乾隅」には「戌《いぬ》」に対応する「黄」の植物を植えるのが常識なのだと解せる。それでこそ「ゆかしき（慕わしい、しっくりと合う）」と感じられるのだ。ただし柚の実は黄色だが、花は白い。

このような陰陽五行説による世界観は当時、蕪村ならずとも一般常識として通用していた。それだけに、「ゆかしき」思いがより切々と湧いたはずである。『家相大全』（松浦東鶴著・享和二年＝一八〇二）という書には「乾隅の地に土蔵あるは財縁全きの吉相なり」とある。「黄色」は黄金色でもあり、金運を象徴する。

同類の句に〈虫干や辰巳《たつみ》をうけて角屋舗（夏・安永六年）〉がある。「辰巳」は南東で、ちょうど「乾」の対極に当たる。「辰巳」は「立つ身」を言い掛ける。「うけて」は、「有卦て（陰陽道で吉運の年巡り）」と女を「身請けして（商売女を娶《めと》る）」を掛けるか。江戸には、「辰巳芸者」が居た。花柳界に縁のある方角なのだろう。

ことほどさように、方角はさまざまな情報や語呂合わせから来る縁起担ぎの材料になっていた。蕪村の句に詠まれた《をちこちとところどころ》を単に〈写生〉の種と考えたら、ひどく底の浅い理解になってしまう。また、日本語には地名や方角だけで、ある特定の人物を指す隠語のような用法がある。奥方を「北の方」と呼んだり、今でも「永田町（政界）」「桜田門（警視庁）」などと用いる。方位、地名の油断ならないのは、そんなところにもある。

廿日路の背中に立や雲の峰　（明和三年）

「廿日路《はつかじ》」とは現代ではあまり使われないが、「二十日で歩ける行程」を意味する。距離（空間）を時間に転換した語である。かつて東海道五十三次は、江戸から京都までを十五日前後で歩いたと言われるから、それよりも長い。

「路」は、京都では東西南北の大路と「花見小路」「錦小路」など美しい名を持つ無数の小路で親しまれている。蕪村には次のような句もある。〈小路より大路へ出《いづ》る春の暮(安永二年)〉。「じ」と読むのは、「すじ」の転用かもしれない。交叉すれば、「つじ(辻)」となる。普通の音読みは「ろ」で、道路、活路、路銀など物堅い言葉に用いられる。

また、「恋の通路《かよいじ》」「三十路」などの用法から、やはり詩歌によって鍛えられた言葉だろうと思う。「路」そのものが人に踏み均されて発達してきたように、言葉としての「路」も人生そのものの暗喩として踏み固められてきた。〈人生行路〉の成語が、その事実を謹厳にも伝えている。

若き日の蕪村も大いに旅をし、〝ほぼ全国を歩いた〟と豪語するほど路程を踏破した。一句は、自信の程を裏付ける。出立したときはまだ梅雨空だったが、もう「雲の峰」が立つほどに歩いて来た。「背中に立や」で、長い行程を振り返っているのがわかる。《いのちみこころ》の伝で解すれば、逞しく鍛えられた「背中」もそこはかとなく感じられる。

当時の旅は命がけであった。天変地異、禽獣の襲来、盗賊や誘拐などの人災・危難が数多く待ち受けている。〝背後に気をつける〟という意識から、「雲の峰」を見た折のどこか慰められる気分と逆に急な夕立への警戒心とを共に抱かせたのだろう。

古来、漂泊の詩人はこの国にも多く出た。その祖は能因法師(九八八～一〇五一)とされる。その歌に…

都をば霞とともに立ちしかど秋風ぞ吹く白河の関

京の都から白河の関までの距離は「百日路」にも及ぼうか。ただし、能因は奈良辺りにしばらく潜み隠れて、「白河の関」に行って来たふりをしたと言われる。はてさて。

〈秋〉

柳散清水涸石処々　（寛保三年）

漢詩風の仕立てだが、仮名交じりに開けば〈柳散り清水涸《か》れ石ところどころ〉となる。季語は「柳散る」。句意を縷々《るる》述べるまでもない。衰微の自然相と言うべきか。

時に蕪村、釈宰鳥《さいちょう》の名で東国行脚の身。吟詠地は、歌枕として有名な下野国（現栃木県）那須の〈遊行柳〉である。西行法師（一一一八〜一一九〇）が〈道の辺に清水流るゝ柳陰しばしとてこそたちどまりつれ〉と詠み、芭蕉翁が〈田一枚植て立去る柳かな〉と呼応した。

宰鳥もきっと、〝詩神に遇えるやも知れぬ〟期待に胸ふくらませて訪れたに違いない。ところが、遊行柳は苛酷な現実を見せるだけだった。感興をよぶものは何も無い。それでも若き詩人は、〈虚無の相〉をそのままに描き取った。

言うまでもないが、《をちこちところどころ》の半分はこの「処々」に由来する。〈景情一如〉の前提で解すれば、孤独な行脚僧の心が映っている。あるいは自分もあの「石」の一つで、詩神であれ真実であれ、「ありやなしや」も定かならぬものを求めて「処々」を転々としているだけではないか、と。宰鳥、頓悟の一句である。

〈遊行柳〉を考えれば「柳」に重心がありそうだが、私は「石」が眼目ではないかと考える。漢詩においては「石」の暗示するイメージがある。一つには「枕石」(石を枕にする意。「漱石」は「枕石漱水＝石を枕に水に漱《すす》ぐ」の誤用から出た故事)から来る漂泊の旅人。また「墓石」。さらには詩を刻する「石文・碑」。それらから総合すると、歴代の詩人たちへ鎮魂の句を捧げたと考えるのが妥当である。

蕪村には、次のような句もある。

石に詩を題して過る枯野哉（明和六年頃・冬）

稲妻や海ありがほの隣国　（明和五年頃）

「隣国《となりくに》」は、現代の隣国《りんごく》とはいささか異なる。蕪村の住む京都から見て、近江の国や奈良、丹波などの隣接する諸藩・天領が想定される。近江には「淡海」の古称を持つ琵琶湖があるので、「海ありがほ」と海の無いことを婉曲に言うのはおかしい。すると「隣国」は、〝大和し美《うるは》し〟の国・奈良あたりか。

「隣」は隣家《となりや》に始まり両隣、隣町と、主に隣接する位置関係を示す場合に用いる。芭蕉の〈秋深き隣は何をする人ぞ〉の一句から、微妙に〝近くて遠き〟間柄を示すように転じた面もある。

俳句では「春隣《はるとなり》」や「冬隣」の季語があり、《かそけき》近さをなかなか情緒たっぷりに表現する。位置の遠近から親疎の関係にまで守備範囲が広がったのは、論語の〈徳孤ならず、必ず隣有り（徳のある人は孤独になることがない。必ず親しみを感じ、近づきになろうと寄ってくる人がある）〉が一般に普及した影響かと思う。

「海ありがほ」が一句の趣向である。「稲妻」が〝海に網を打ったようだから〟との暗示を利かせている。「稲妻」を網打ちに擬するのは、蕪村のオリジナルではない。連歌の時代から、〈見立て〉の類型としてある。

「〜かほ（顔、皃）」の表現は蕪村が好んだ措辞で、それらしく見えるという意味に用いている。和歌・俳諧伝統の法と言ってよい。蕪村は以下の例句のように、擬人法で多くの「皃」の句を残した。

乙鳥《うぐいす》や水田《みずた》に風のふかれ皃（安永三年・春）

葉に蔓にいとはれ皃や種瓢《たねふくべ》（安永四年・秋）

地下りに暮行野辺の薄　哉

（安永五年）

「地下り《ぢさが》」という言葉は耳慣れない。「地下《ぢげ》」（かつて宮中に仕える以外の庶民の蔑称）を連想するせいか、あまり雅な印象を受けない。その後にも「暮」「野辺」「薄」と、はかなげな事象の勢揃い。〈配合の妙〉を競う俳諧の特性が、遺憾なく示されている。

「地下り」は、〝斜面の上から下へだんだんに〟といった趣だろう。今日の映像表現なら、コマ落としで「暮行《くれゆく》」時間の推移を描くところだ。五七五の制限の中で「地下りに暮行」とまで圧縮した点は、空間と時間を縦軸・横軸として座標を定めるのに似て、優れて自然科学的、工学的な認知と再構成の力を感じさせる。

「地下り」には、年老いてゆくばかりの自身への感懐も込められているのではないだろうか。それでこそ〈景情一如〉である。

子規は、水戸の偕楽園で〈崖急に梅ことごとく斜めなり〉と詠んだ。蕪村風の句法を大いに学んだような気配が感じられる。これも〈景情一如〉として深読みすれば、「崖急に」は明治政府の急速な欧化政策の比喩と解することができるし、「梅」は〝好文〟と解して学問、それが「斜め」で歪められたと読めるが、どうか。あるいは、明治が〝遠くなりにけり〟という感慨に共鳴する私の〝斜め読み〟かもしれないが…。

「明治」以上に、江戸時代は時間的にも空間的にも遠くなった。

鴫たつや行尽したる野末より　（安永四年）

西行法師の歌〈心なき身にもあはれはしられけり鴫たつ沢の秋の夕暮〉を踏む。「鴫たつ」と言えば、すぐに西行の和歌世界が想起されなければならない。それが俳諧の作法である。和歌由来の世界観を借りた上で、新たなイメージを加えたり、変化させたり、一見して無関係と思える景や情を表現する。そこにイリュージョン（幻想）も生じる。

「たつ」は、「立つ」と「発つ」の両意を含むように解せる。「鳥」は漢詩や万葉集以来、〈死〉や〈浮遊する死者の霊〉を象徴する。一句は「立つ」鴫を求めて「野末」をめざしたが、「発つ」様を見るだけだったと詠嘆している。

「野末」は歌語で、野の果てのこと。《かそけききは》でもある。自然の一景と見えるが、その実〝生き生きて、その果てに世を発つ〟だけという人生の真実までも普遍化された。なんとなれば、「野辺送り」の言葉から「野」のイメージは拡張されてきた。歳時記中の「夏野」や「枯野」も、漂泊の歌人俳人たちにとって〝死を覚悟した行場〟であった。〝野垂れ死に〟は、切実な危険として感じられた。

同様の考えに則れば、山や谷、川、池、沼といった語群が、単に地形を表す以上の含みを持った〈詩の記号〉として特別な光を発してくる。

日本各地には（多少言い方が変わるにしても）、特殊な地形を言い表す言葉が多くある。「クボ」「ハケ」「トロ」など。それらは、なかなか和歌や俳諧の本流では使われない。なぜか。言葉として未成熟なこと、十分に世に流布されていないことなどがその理由だろう。それだけ、歌語として鍛えられる機会がなかったことをも意味する。

昭和の大戦中『戦友』という軍歌が流行った。その一節に〝友は野末の石の下〟とある。やはり人は、歌に詠むことで、その地に結界を張りたいのかもしれない。

〈冬〉

口切や北も召れて四畳半　（明和七年）

この「北」には方角だけでなく、能楽の喜多流をも言い掛けられている。また、「四畳半」には、能楽四座（観世、宝生、金春、金剛）が集う景のイメージを重ねた。蕪村の〈陰陽五行説〉への傾倒が、茶道の世界観を借りていっそう鮮明になった。

「北」と「四」の数字は〈縁語〉と見なされる。四方（東西南北）に由来するからだ。蕪村は、このように〈縁語〉を取り入れて読者の連想力に働きかける。すると、意味深長な何事かがじわじわと想起されてくる。

「北」は「敗北」の言葉が示すように、「背《そむ》く」「逃げる」の意味もある。おそらく、当時の能楽界における新興の喜多流の立場を伝えると同時に、ここで他の四座と何か談合するか、または他に糾弾されるかといった切迫した「四畳半」の情景を切り取ったものと考えられる。そこから、方位では「北」が独立しているのに、能楽界では日陰者のように扱われるのを「半」に暗示させたのではないかという〝深読み〟も成り立つ。

「口切《くちきり》」は、陰暦十月一日か十月中の亥《い》の日に炉を開く際、茶壷の封を切って新茶をふるまう儀式的な茶会のこと。これもまた〈掛詞〉と考えれば、会の主か誰かが「さて喜多殿、存念を伺いたい」などと、文字通り「口を切った」のかもしれない。人間世界の複雑な関係も、蕪村の手に掛かれば、極めて明確な配置や劇的な構図として再現される。

「召《め》されて」もまた喜多流からすれば名誉なことに見えて、どこか恩着せがましい。「召した」のは、四座の既得権を保護する立場の権力者かもしれない。かく見るのは、現代のゴシップ・ジャーナリズムに汚された僻目《ひがめ》か。

能楽師の世界は観阿弥世阿弥の時代から、時の権力者との関係によって、それぞれの地位や評価も上下した。〝左右された〟と言うべきか。そういう能楽の歴史上の出来事の一端も一句から偲ばれて、絵画的というより記録映画的に胸に刻まれる。

ちなみに「西す」は死を表し、「南面」は君主になることを指すなど、方角に関わる表現や用法は多様だ。春の劈頭《へきとう》に示した「南すべく北すべく」も、さらに深い意味を持つのではないかと考えたくなる。

寒垢離や上の町迄来たりけり　（明和五年頃）

「寒垢離」は寒中の水垢離などを指し、修験道に起源を持つ修行法の一つである。それが、江戸時代には行事として見せ物のように変化した。川でそれをやり、川上から川下にどんどん下りて来たと思われる。

「上《かみ》の町迄来たりけり」には、待ち望む気分と共に微かな怖じ気もにじむ。〝この寒いのに、なんだってまああの連中は、あんなことを…〟と。見物人からすれば、一種の怖い物見たさがある。

感受性の強すぎる蕪村ならば、見ているだけで総毛立つような寒さを感じたことだろう。目の当たりにしなくても「上の町」まで来たという噂だけで、背筋に悪寒が走ったかもしれない。その実感が「や」「けり」の二重切字（普通は避けるべき）に刻印されている。

「上の町」の措辞には、同じ意味でも「隣町」とは大きく異なる含みがある。「寒」と頭韻を踏む狙いが一つ。さらに川の上流からの意。また、生活圏にある上下関係（身分制度上の）が見て取れる。

京都では住所表示でよく「大宮通丸太町上ル」とか「寺町二条下ル」などとする。一条から九条まで北から南下する街区の特徴を表記にも活かしている。帝の在《おわ》した御所の北詰まり（南面する）が一条で、八条から九条辺はよほど下層階級が暮らした地域と考えてよい。〝当然〟のように、地域と住人への差別意識が深く横たわっている。また、昔から「京へ上る」とか「上洛」と言った意識にも通じる。

「上の町」と言えば、蕪村が居るのは「下の町」に違いない。だが、上から下って来た「寒垢離」をあまり喜んでいる気配はない。もう〝こりごり（垢離垢離）〟というわけだ。

春坡子のいせ詣したまふを見送りて

遥拝やもふしみの竹の雪　（天明元年）

「ふしみ」は、地名の伏見と臥し身（横になる）を掛けている。伏見は当時、伏見稲荷社と大坂へ向かう淀川水運の船着場として賑わった。

詞書の「春坡《しゆんは》」は俳友で、三十石船に乗り大坂から伊勢へ旅をするのだろう。蕪村は万全ではない老体を運び、伏見まで出向いて見送った。あるいは、今生の別れを覚悟したのかもしれない。春坡は伊勢神宮に参拝するだろうが、蕪村も何事かを願って「遥拝」する。そこで「ふしみ」も伏し拝む印象に転じてゆく。句意は、概略そのような内容だ。

蕪村は他にも「伏見」の数句を詠んでいる。

みじか夜や伏見の戸ぼそ淀の窓（安永八年頃・夏）

夕霧や伏見の角力ちりぢりに（明和五年・秋）

いずれも「臥し身」を利かせる。単に地口（駄洒落）と言ったら〝あじきなし〟だ。それは俳諧の約束事であり、むしろ「臥し身」を暗示させない方が違反行為になる。「竹の雪」も「臥し身」に掛けて「布団」を暗示する。「伏見」は、時に「伏水」とも書く。伏流水が地下に満ち、酒造業の貴重な水資源ともなっている。

〝京は土地の名さえも美しい〟と書いたのは川端康成（一八九九〜一九七二）だったか。それは、和歌俳諧や歴代の京人に鍛え上げられたからだと思う。時には暗号的に名所や名産を思い出させ、また時には歴史上の人物や事蹟を伝える縁《よすが》として輝く。

その他、蕪村が多く詠んだ京都の地名に、嵯峨、嵐山、大井川（大堰川）、御室、東山などがある。各々の土地にまつわる情報を句作にも大いに活用している。

水仙や寒き都のこゝかしこ　（安永六年）

「こゝかしこ」は、日本語（俗語）独特の茫洋たる表現の一つである。「どこもかしこも」の意味で、「をちこち」「ところどころ」とも風趣が似ている。少し気取った所では「このもかのも」とも言う。〈このもよりかのも色こき紅葉哉（天明二年頃）〉の句もある。

この辺が蕪村語法の端倪《たんげい》すべからざるところで、「都」を詠んでいる以上、「随所」の意味で用いるなら「こゝかしこ」ほど適切な言葉はあり得ないと考えたのだろう。言葉そのものが〈雅趣〉を含んでいる。「みやこ」と「こゝかしこ」に音韻を重ね、蕪村ならではの〝音の風景〟も表した。

「寒き都」がいい。京の冬は、底冷えがして本当に寒いと聞く。古称の雍州（甕《かめ》の州《くに》）から察せられるように、京都盆地の地下には伏流水脈がめぐり、それが寒気の原因になっている。それゆえに逃げ場のないような「こゝかしこ」という措辞が、京に住む人ならだれもが実感する普遍的な真実味を帯びた。

この「寒き」には生理的な感覚を超えて、心理的・情緒的な面まで含まれるのではないだろうか。「京之人心日本最悪（弟子几董への書簡）」と言った蕪村の「心胆を寒からしめた」京人の気質までもが伝わってくるようだ。そんな「都のこゝかしこ」に「水仙」が咲いていれば、さぞ心が温まっただろう。

芭蕉の祖父くらいの世代に、石川丈山（一五八三〜一六七二）という漢詩人で書家が居た。

晩年、京の北東に〈詩仙堂〉を建てて閑居した。蕪村が門人と共同で建てた〈金福寺芭蕉庵〉からも近い。三十六歌仙の称号も伝わり、「…仙」はなかなか尊い。「水仙」も京都では、詩仙、歌仙と共に並び称せられるかと思えてくる。

京都に居を定めて十数年、蕪村の土地勘も「こゝかしこ」について云々できるまでに深まった感がある。

そんないろいろ

五景

五景　をんないろいろ

〝近くて遠きは男女の仲〟という。

《をちこちところどころ》の連想ではないが、男にとって〈をんな〉は常に睦まじくありたい存在。裏を返せば、時代は変われど男にとって女とは、いつも〝取扱注意〟の現実と言える。

蕪村は、《をんな》の句を数多く詠んだ。様々な女性に関心を寄せ、その中には遊女、遊妓、湯女、飯盛り女、商売女、玄人女などと呼び方はさまざまあれど、春をひさぐ女も多い。それが世の風俗でもあった。その猥雑な風俗が俳諧のみならず、江戸文化全般の繚乱を育んだとも言える。蕪村俳諧の艶冶《えんや》な気分も、女たちとの多様な交流から生まれたのは確かである。

その一方で、還俗して妻子を持った蕪村には家族愛や亡母への思慕も強くあった。女性の句や恋の句から蕪村の女性観を探ってみるのは、芭蕉俳諧では考えられない、明るく心躍る経験でさえある。しかし、当の蕪村にとっては、最も朦朧として難しい主題であったかもしれない。そこで《をんないろいろ》の景として、女性にまつわる句群を俎上《そじょう》にあげてみる。

私は、江戸時代を女性が理不尽に虐げられていたと考える史観には与しない。蕪村の気遣いや無差別の愛情が、まるで変人の沙汰のようになってしまうからだ。聖と俗との関係からすれば、蕪村は女性を聖なるものと考えていた節がある。母のみならず巫女、遊女などを詠んだ句にさえ、それが如実に表れている。

男にとって女が〝永遠の謎〟とすれば、蕪村は〝謎〟を謎のまま愛したのではないか。それも、自然（造化）の神秘を愛するのと同じように。

〈春〉

梅咲て帯買ふ室の遊女かな　（安永五年）

「室《むろ》」は、播州（現兵庫県南西部）室津《むろのつ》（現たつの市内）のこと。遊郭も立ち並ぶ港町だった。「梅」咲く頃は、漁が盛んになる時節でもある。港に活気が戻り、懐の温かくなった漁師、船旅の泊まりをする男らが「遊女」をも漁《すなど》るような日々が始まる。

「帯」がきわどい。男どもに解かせるものである。それだけに艶めかせてしだらに結び、解きたくなるような誘惑をそそらせなければならない。

「梅咲て」触発されるのだから、「帯」の柄も何とはなし華やかだろうと想像する。すると、複合的な連想から「室」が単に地名としてだけではなく、閨房《けいぼう》を匂わせる麗しい空間の意味にも変化してゆく。

「梅」は白か紅か、「帯」は「室」は…と、どれもみな色を想像させる。男女の恋愛を色事《いろごと》（時に色恋《いろこい》）と呼ぶのは、そういう色彩の絢爛たる配合に擬《なぞら》えてのことではないだろうか。〈色に出にけりわが恋は…（平兼盛の歌）〉なのである。

一句は、だれか特定の「遊女」を指しているわけではない。あるいは、そんな流行を詠んだのかもしれない。または、新しい「帯」を買うという話を〝聞いている〟とも読み取れる。一つだけ確実なのは、〈春〉を販《ひさ》ぐ（売る）ために「帯」を買う（投資する）ということだ。

それとも「帯」は、情夫の子を身ごもったがための岩田帯なのだろうか。すると「梅」は「産め」に通じ、別の希望がほのかに伝わってくる。そこはまた〝解すべく解すべからず〟ながら…。いずれにしても蕪村は、「遊女」を深い慈愛に満ちた眼で見守っているようである。

はるさめや綱が袂に小でうちん　（明和六年）

「綱《つな》」とは、京都の一条戻橋《もどりばし》にあった娼家〈柳風呂〉の遊女の名である。

平安中期の武者源頼光（九四四～一〇二一）の家来で四天王として名高い渡辺綱（九五三～一〇二五）が戻橋で鬼女に遭遇し、愛宕山で腕を切り落した伝説に因《ちな》む。代々受け継がれた源氏名なのは、芭蕉の高弟宝井其角（一六六一～一七〇七）にも〈綱が立てつなが噂の雨夜哉〉の句があることから推測できる。落語に登場する吉原の花魁《おいらん》・高尾太夫も代を重ね、紺屋の職人に身請けされた紺屋高尾、仙台藩主に寵愛された仙台高尾などと呼び分けられている。

一条戻橋は、陰陽師安倍晴明（九二一～一〇〇五）の清明神社参道に架かっていた。蕪村は、俳諧の盟友である炭太祇《すみたいぎ》に誘われて柳風呂に遊んだ。そこで鬼女ならぬ綱に逢う。「こちらが京で指折りの大絵師蕪村先生や、よろしうにな」などと太祇は紹介したかもしれない。太祇は京都島原遊郭を根城にしたような豪の者。蕪村の色事の師でもあったか。やがて蕪村は、数寄心から「綱」に魅かれていった。

句は、その綱が春雨を避けて「袂《たもと》に小提灯《ぢようちん》」を隠した景である。「はるさめ」はほのかな恋心を暗示し、それが綱の小提灯の光に照らし出されたり隠されたりする。その明暗の綾が、ときめく心の内を物語っている。

「綱」にまつわる句は、この前年にも作られた。

　羽織着て綱もきく夜や川ちどり（明和五年頃・冬）

「羽織」は客の蕪村と同格になったしるし。蕪村が「綱」に心を許し、その色香や伎芸に敬意を払っていたことがわかる。俳諧道、書画道に打ち込む蕪村には、いわゆる〈色道〉も文字通り芸術に色艶を添えるためには欠かせなかった。

　現代では、想像するにも手掛かりが乏しくなった花柳界。蕪村の身になって偲ぶとすれば、曲がりなりにも同じ〈芸道〉に身を尽くし、また時に〝情を交換〟する。その〈情〉の表現さえも芸の一部かもしれない。どこか、自身の存在との共通性を感じていたのではなかろうか。

琴心挑美人

妹が垣根さみせん草の花咲ぬ　（安永九年）

詞書は「琴心もて美人に挑む」。〝琴の調べに思いを載せて美人に愛を伝える〟というほどの意味である。中国前漢の文人司馬相如《しばしょうじょ》(前一七九〜前一一七)が富豪の娘卓文君に恋し、ついには駆け落ちした故事（同じ言葉は『史記』にある）にこと寄せている。

「妹《いも》が垣根」とは恋人との逢瀬を意味する歌語で、そこに「さみせん（三味線）草＝ぺんぺん草」が咲いてしまった嘆きを詠んだ。内意は、久しぶりに逢いに行ったら妓《おんな》が種々《くさぐさ》の恨み言の代りに三味線を弾いて、いじらしくもはかなげであった、と。

蕪村が茶屋遊びに興じながら〝もとめ得たる〟一句である。しかし、畏友樋口道立に〝大概にしなさい、年を考えなさい〟と「異見」されて弁明した書簡が残る。

青楼の御異見承知いたし候。御尤《ごもっとも》の一書、御句にて小糸が情も今日限に候。よしなき風流、老の面目をうしなひ申候。禁《きんず》べし。去《さり》ながらもとめ得たる句、御披判可被下候。

妹が垣根〜

これ、泥に入《いり》て玉を拾ふたる心地に候。（以下略）

文面を読むかぎり、「老（安永九年当時六五歳）の面目」などを気にしながら遊んでいたことがわかる。「泥に入て玉を拾ふ」の喩《たと》えが蕪村の風流心をよく伝えている。

「小糸」と芸妓の名までわざわざ出して、「情も今日限に候」などと殊勝げに言ってみせるあたり、なかなかどうして未練たっぷりである。そう見てくると、漢籍趣味の詞書も儒学者道立先生（《かみほとけ》の景で詳述）へのご機嫌とりのように思える。

老の身には、若い芸妓と逢うだけで回春の気が高まる。「妹が垣根」が高いほど、越えてみたい思いも弥増《いや》すものだ。

〈昔見し妹が垣根は荒れにけりつばなまじりの菫《すみれ》のみして　堀川院〉の歌を踏まえている。

昼舟に狂女のせたり春の水　（天明元年頃）

謡曲『隅田川』を俤《おもかげ》にしている。子（梅若丸）を失くした母親が、「狂女」となって入水する悲話である。「春の水」は、それだけで〝狂気〟の暗示ともなる。

蕪村は〝子ゆえの闇〟という俗諺そのままに「狂女」となる母親への憐憫を詠んだ。現代の感覚から言えば、「狂女」と一括りにするのは粗略かもしれないが、蕪村の目には〝俗世間（の価値観）から逸脱した〟女一般を考えているようだ。そんな「狂女」に一種の神聖さや理想的精神を感じ取っていたからかもしれない。

《をんな》は〝狂〟に侵されやすいのだろうか。では〝狂〟とは何か。狂気の反対語は〝正気〟だが、では正気とは何か。博識の蕪村ですら、その定めがたさに一種の思考停止を覚えたのではないかと思う。特に情痴に狂うのは女が似つかわしいが、それは〝狂気〟とも〝正気〟とも見定めがつかない。

一説に、蕪村の母親自身が「狂女」と蔑まれ、入水自殺したとされる。穿った見方かもしれないが、蕪村の不遇な幼少年期や俗世間との不調和ぶりなどから推して、あながち的外れな空想とも言えない。あるいは浄土宗の狂信者でもあったか。そんな実母像の仮説から蕪村の女性観を考えてみるのは、知的冒険として興味津々たるものがある。

他にも、「狂女もの」の句を詠んでいる。

やぶ入の宿は狂女の隣哉（安永八年・春）

岩倉の狂女恋せよ子規《ほととぎす》（安永二年・夏）

麦の秋さびしき皃《かお》の狂女かな（安永六年・夏）

〈夏〉

更衣母なんで藤原氏也けり（安永六年）

安永六年刊『新花摘《はなつみ》』所収の第三句である。古文由来の〈係り結び〉を崩した「母なん〜けり（本来は「ける」）」は、『伊勢物語』十段の一節を引用した。

この年、蕪村は亡母五十年忌の法要を兼ねて夏行《げぎよう》に入る。その母が「藤原氏」だったと断定するわけにはいかない。むしろ『伊勢物語』の文章が、蕪村の心に留まったと考える方が適切である。あるいは、藤原氏の「藤」と同様に「不死」を言掛けたか（心の中で生きているという暗示から）。

母を追憶するとき、蕪村にも何か口癖で言っていたことが淡い記憶としてあったのかもしれない。「うちの祖先は都のやむごとなき御方だったのだよ」とか。我が子に誇りを持たすために、多くの母親はそういうことを言わないだろうか。むろん蕪村の祖先のだれかが「藤原氏」であったとしても、何ら不思議ではないのだが。また、そんな家伝をまことしやかに感じさせる貴種流離譚《きしゆりゆうりたん》は全国津々浦々に伝承され、庶民に親しまれてもいた。

ただ、そういうことを狭い丹後の片田舎（与謝村）で吹聴する母であったなら、時に「狂女」と誹《そし》られ、疎んじられることも実際にあったかもしれない。想像の域だが、蕪村が幼少期に浄土宗の寺で初歩的な教育を受けた事から、母親は雅な歌でも詠むような教養の持ち主で、『伊勢物語』を愛読しては「藤原氏」の件《くだり》を〝我が祖先も〟などと言って聞かせたかもしれない。

自分の家柄はそれほど高貴なのだと主張する（執着する）ような母の気質が、蕪村には痛ましく、それだけになお愛憐の情を抱かずにいられなかったにちがいない。誰にとっても母親は、理屈抜きで愛すべき存在なのである。

ちなみに『新花摘』の第一句、第二句とも、母と子を詠んでいる。亡母追善の志が色濃く表れる。

灌仏やもとより腹はかりのやど

卯月八日死ンで生る丶子は仏

早乙女やつげのおぐしはさ丶で来し　（安永六年）

母の話を続ける。

蕪村の父親は、淀川下流の河内毛馬《けま》村の豪農であったらしい。そこへ田植に雇われて来た一人の「早乙女」に手を付けた。それが蕪村の母であった。

その後、早乙女が妊《みごも》ったのを知り、多少の手切れ金を渡して郷里の与謝へ帰した。十三歳頃の蕪村は母に死に別れると、一時、父を頼って毛馬村に行き、しばらく養育され家業も手伝ったようだが、仕事や家族に馴染めず、またも放逐された。

そこで一句である。「つげのおぐし」は『伊勢物語八十七段』の歌〈蘆の屋のなだの塩焼いとまなみ黄楊《つげ》の小櫛《おぐし》もさゝず来にけり〉にもあり、婚約者《いいなづけ》がいる証拠の品である。それを「さゝで来し」とは、持ってはいるが、何かの理由で「挿さずに来た」の意味。田植をする「早乙女」は、未通女《おぼこ》（生娘）が望ましいから、そう見せ掛けたとも考えられる。蕪村の母を貶めるつもりはないが、当時は多くの地方に〈夜這い〉の風習があった。だれか村の男とそういう成り行きになり、親同士が相談して婚約させていたとすれば、「つげのおぐし」を持って来るくらいの配慮があってもよい。それとも小櫛を見せてもなお迫りたくなるほど蕪村の母は美しく、父親の谷口氏は好色爺だったのか。

蕪村は、父親についてほとんど口をつぐんでいる。「告げ」の口を…。

蕪村が亡母五十年忌の年に『伊勢物語』に取材した句を多く詠んでいるのは、あるいは母の愛読書だったのを思い出すからだろうか。「昔、男ありけり」と語られる物語だが、その背後には必ず「女ありけり」の事実があったことを忘れてはならないと、蕪村は言っているのだ。

巫女町によきゝぬすます卯月哉　（安永六年）

ここでは「巫女」でなく、「きぬ」に目を向けたい。前にも触れたが、蕪村の娘の名は「くの」と言う。それが旧臘（安永五年）十二月に嫁ぐ際、「きぬ」と女房名に改めた。おそらく、娘に幸多かれと願う蕪村の計らいだったのだろう。
「くの」を「きぬ」としたのは〈五音相通《ごいんそうつう》〉という当時流行の語法で、カ行の「く」を「き」に、ナ行の「の」を「ぬ」に変えたもの。他に例をあげれば、京都の愛宕山を「あたごさん」と呼ばずに「おたぎさん」として、「あた（仇・徒）」や「田子《たご》」などを連想させる音韻を改めたものがわかりやすい。いわゆる〈忌み言葉〉を避ける法だ。

ところが、その願いも届かず、「きぬ」は婚家になじめなかった。蕪村の許には、この安永六年の春先からきぬの気鬱の病や婚家の、特に舅の〝親爺〟の因業ぶり（書簡では「専ら金もふけ（金儲け）」）の噂などが伝えられる。

半ば強引に進めた縁談だったので、日が経つにつれて〝間違いだった〟との思いが募った。〈亡母五十年忌〉を営む蕪村は、夏行もそこそこに放り出し、すぐさま「きぬ」を取り返すために動き始める。

ここからは、一句を基に膨らませた想像である。

「巫女町」がどこかは特定できない。京都の神仏環境を考えれば、随所にあったと見てよい。仮に上賀茂社と下鴨社とを擁する高野川周辺としておけば、「きぬすます」という川仕事にも自然と結びつけられる。

あるいは蕪村が懇意にする巫女がどこかに居て、そこへ一旦「きぬ」を「住ます」（おそらく〈方違え〉のため）ことにし、また佳き日取りをみて実家に戻したのではないか。そうして、きぬを「澄ます」わけだ。「よきゝぬ」に親心が窺える。

また「卯月」は「憂」に通じ、心の「疼き」にもつながる。娘の「くの」は、後年再婚を果たすのだが、蕪村には終生大きな疼きとなって心に残っていく。

うの花や貴布禰の神女の練の袖　（安永六年）

話を続ける。

先の「巫女町」は「貴布禰《きふね》」（あるいは鞍馬道沿いの集落）かもしれない。「貴布禰」は、洛北鞍馬の貴布禰神社と見てよい。そこに仕える「神女」の「練《ねり》（練絹）の袖」の白さと「うの花」の白さとを並べた趣向の句だが、多分に含みがこめられている。「神女の袖」は、神から受けた意を示すもの。そこに「練」が加わった。「練りに練った」配慮に、蕪村は感激しているのである。「うの花」は、憂い（心配事）の「う」を掛けている。それが、どうやら「練の袖」に払われて解決しそうだという安堵の思いに変わった。

以上は、当時の句から推理した裏事情だ。今となっては、その真偽も確かめがたい。ただ、蕪村の句法を考えれば、日々の生活に伴う実情と作句を分けて捉えることは〝できない相談〟なのである。

蕪村の俳論（離俗論）から言えば、私生活のエピソードを詠むことはいわばタブーであり、逸脱あるいは変節とも感じられただろう。そこで「俗語を用ゐ」つつも、辛うじて「俗を離れる」意匠を施したのだ。「神女の練の袖」から、そんな配慮まで感じられる。

端居して妻子を避る暑かな　（安永六年）

改めて蕪村の年譜をたどれば、還俗して所帯を持ったのが四十五歳。妻は「とも」と言った。どんな素性の女なのか。当時の習俗からすると、おそらく懇意の知人に紹介されて（仲人を立てて）娶《めと》ったのだろう。

蕪村は「妻子」との距離が微妙である。「妻」は娘ほど年が離れているし、「子」は孫ほどの感覚だったと考えられる。慈愛に富む蕪村ゆえ、年齢的な引け目もあってよほど庇護すべき〝可憐な者たち〟という態度で接した形跡がうかがえる。

夫婦で芝居見物をよくしたが、それさえも対等な印象はない。現代なら、子どもを動物園に連れて行くといった、家長としての義務感が匂う。妻はいつまでも蕪村を「先生」と呼んだりしていたかもしれない。

まず、良き夫で父親としても全き蕪村は想像しにくい。何しろ貧乏この上ない。書画をどれほど多作しても〝稼ぐに追いつく貧乏は無し〟という暮らしぶりだったことが、書簡集からも見て取れる。蕪村に才能が無いわけではなく、経済がそこまで豊かになっていなかったのだ。

一句には、そんな蕪村の日常が透けて見える。「妻子を避《さく》る」ことで「暑《あつさ》」も避ける。それほどに暑苦しい「妻子」の存在だったのか。

おそらく若い妻には、女としてそれほどの魅力はなかったものと察する。どちらかと言えば、身の回りの世話をする者として感謝と同情くらいしか湧かなかったのではないか。仲睦まじく会話を交わすような間柄でもなさそうで、弟子の几董に妻子のこともいろいろと頼んだりしていた。

蕪村が女を感じたのは、やはり〝嬌〟を売る女であったようだ。それもまた、どこか朦朧として捉えがたい情感を愛するがゆえに。

少年の矢数問寄る念者ぶり　（安永六年）

ここまで夏の句は、すべて安永六年の作。ある面では、「女」（母や娘）に手を尽くした（振り回された）半年だった。「妻子」同様に、「女」は一旦「避る」のがいいか、と。そこで…というわけでもないが、ちょっと毛色の変わった一句を夏の終わりに取り上げてみた。

「少年」とは、色子《いろこ》、若衆《わかしゅ》すなわち男色の対象を指す。「念者《ねんじゃ》」とは、男色家（同性愛者）のことだ。作家稲垣足穂氏（一九〇〇～一九七七）の言葉を借りれば〈少年愛〉。また〈陰間《かげま》〉とも。今風には〈ゲイ〉〈ホモ〉など、とにかくさまざまな呼び方や隠語がある。これも、日本語とその道の奥深さの一面かもしれない。

「矢数《やかず》」は「大矢数」とも呼ばれ、毎夏、京都三十三間堂で催される弓矢競技会である。すると、競技を終えた美少年に念者が〝成績はどうだった？〟といった気安さで「問寄《とい》る」景である。「問寄る」のが、あたかも「言い寄る」ようで、その気《け》の乏しい（斯界《しかい》では〝ノンケ〟と呼ぶらしい）筆者などには、ちょっとおぞましい。

織田信長（一五三四～一五八二）を例に出すまでもなく、当時もそれ以前も、男色に対しては女色と同等で偏見も少なかったようだ。井原西鶴（一六四二～一六九三）著『男色大鑑』の書もすでに出版されていた。『耳嚢《みみぶくろ》』（根岸鎮衛著）という世間話を集めた本にも、江戸中期の話として「旗本にて美童抱へし事」が載る。

定《じょう》と不定《ふじょう》とを超越して物事を捉えた蕪村ならば、「念者ぶり」にもある程度の理解と同情の念を持ったかもしれない。蕪村にそのケがあったかどうかは知りようもないが、私見を言えば、芸術的感性を研ぎ澄ます者は、性の嗜好（セクシャリティ）に寛容になったり、常識的な性欲から逸脱することもある。

蕪村の場合、男の友人や弟子への思いやりから差別なき愛情に飛躍したとしても不思議ではない。

〈秋〉

狩衣の袖より捨るあふぎかな　（安永六年）

また「きぬ」に戻る。ここは「狩衣《かりぎぬ》」である。この年は異様に数多く「きぬ」の句を詠んだ。そのことが、娘くの（嫁して「きぬ」）への父親の愛情の表れと感じられる。

一句は、「狩衣」に貴公子を、「あふぎ（扇）」にその愛人をそれぞれ暗示させ、悲恋の情を王朝風の景に仕立てたもの。「捨《すつ》る」のは貴公子の側である。

ここでも女性は「狩衣」の主の慰み物として、あるかなきかの匂いのようにしか存在しない。そこに女性美の極致とも言える〈はかなさ〉が表出し、ある種の哀感を醸し出している。

ところが、その仕立ての見事さを解体して、蕪村の深情にずいっと迫れば、一時の癇癪《かんしやく》でやったことへの悔恨の念も浮かび上がってくる。「狩衣」は、「仮の名きぬ」のままで家に居る娘である。相手を「袖」にして「扇」を「捨る」まではよかったが、「さて、これからどうしようか」というところ。娘を離縁させておいて、親として心安らかなはずはない。しだいに後悔と哀惜の情が湧いてきたと思われる。

他方で「きぬ」は「仮」の名なのだから、一度の結婚の失敗を乗り越えて次の縁談（あふぎ＝逢瀬、婚儀）があることを予祝しているようにも受け取れる。どこか娘への激励と願望とが綯《な》い交ぜになったような、複雑な親心がしのばれる。

「きぬ」を思い遣る句をもう一つ。

きぬ〴〵の詞《ことば》ずくなよ今朝の秋（安永六年）

「きぬ〴〵」は、「後朝《きぬぎぬ》の別れ」を暗示する。

恋さまざま願の糸も白きより（安永六年）

娘きぬは、幼少から琴を習っていた。前段末の句で「詞ずくな（少な）よ」なのは、琴に専念する姿にも通じる。弟子の几董への書簡では「朝から琴を掻き鳴らしをり」などと、琴だけが娘の心の慰めのように伝える。庶民的な三味線でなく雅な琴を習わせたところに、親（蕪村）のより高い筋目（身分の者）に縁付けたい「願《ねがい》」があったかと察する。

そこで、一句を考える。七夕の句である。「願の糸」とは、中国で七夕の星々に女性が裁縫の上達を願って、五色（青赤黄白黒）の糸を飾った習慣に由来する。

「恋さまざま」には、この先、娘にも新たな「恋」が生まれることへの願いがこもる。そのためには「きぬ」も、心の綾を織った一本一本の「糸」が元通り「白く」なるように努めなければならない。それでこそ「願」も通じるのだ、と。

「白」は白無垢とも重なり、結婚によって女はどんな色にも染められるものだとの暗示がある。それが白秋の季節感とも重なり、恋のあき（飽きる）風を感じさせもする。また、「糸」は得意の琴の「糸（絃）」を詠み掛けているとも考えられる。

諺に〈小児は白き糸の如し〉とある。蕪村の愛読書『徒然草』二十六段には、「白き糸の染まんことを悲しび…」とあり、一度《ひとたび》は何色《なにいろ》かに染まりかけた「きぬの白糸」が元通りになってくれよと、〝悲しび〟つつ願う痛切な親心でもある。

娘はまだ十六歳だが、秋の深まりとともに不憫に思う親の情は切々と極まる。次の句も、同じ情から発している。

身にしむや横川《よかわ》のきぬをすます時（安永六年・秋）

高燈籠惣検校の母の宿　（安永六年）

句意はこうだ。息子が「惣検校《そうけんぎょう》」（特に医師などの最高位）になった。それが「母」には嬉しくて、自慢の息子に会いにでも行くのだろうか、どこかの「宿」に泊った折、「高灯籠」を掲げて見知らぬ土地の者にまで「某の惣検校御母堂様御投宿」などとして、出世の事実を知らせたのである。

蕪村は何も、批判めいた気持ちから詠んだのではなかろう。息子の出世を願わない母親は居ない、という素朴な思いを伝え、我が母も生きてあれば今の自分の高い評判を喜んでくれただろうに…と、いささかの悔恨を込めて詠んだにちがいない。それとも、亡母五十年忌を半ばでなげうって娘に振り回されたしまった自身への自戒の念が、〝末は惣検校になりよ〟とでも言っていた母への詫び言として表れたか。

多くの論者が言うように、蕪村の女性観は母親がベースになっている。母親は子に無償の愛を注ぎ、子はそれを当然のこととして享受するだけである。そのことは、親の年代になるなり、みずからも人の親になるなり、あるいは親を早くに亡くすかしてからでなければ、容易には理解しえない。それゆえ蕪村は、世のすべての「母」に対して敬慕と憐憫の情を人一倍深くする。

これもまた、蕪村句の「母」一字の深みを理解しなければ、真意にはとうてい達しえない。もう一歩踏み込んで言えば、娘くの（きぬ）を思う男親ながら持つ〝母性愛〟ということにもなろうか。

我を慕ふ女やはある秋のくれ　（安永五年）

蕪村には珍しく、何の修飾もせず心情を吐露した一句である。「私を慕ってくれる女はあるだろうか（あるわけがない）」と。妻も娘も「我」を嫌うだろうと自責に苦しむ蕪村の姿が「ある」。

繰り返すが、この年の暮に娘くのを嫁がせた。娘はもとより、妻もそれを望んでいなかった。にも拘らず敢えて強引に事を運んだのは、父親である蕪村に負い目（借金）があるためだった。それを棒引きに、あるいは肩代わりしてもらうのと引き替えに、娘を…と望まれたのだろう。

蕪村は、この一、二年ばかり病に伏せがちで、収入は乏しくなり、逆に薬代などの出費はかさむ一方。気弱にもなっていた。妻のともは、夫ながら画壇俳壇の大家でもある蕪村に逆らえず、ただ泣きに泣く。せめて世間一般の夫婦のように、妻が「あんた、何を馬鹿なことを言ってんのさ」などと、たしなめてくれればよほど救われる。世慣れないのは妻も「我」も同じ。そこに悔恨と苦悩の根深さがにじむ。

「くれ」には、二重の意味がある。表向きは「夕暮」だが、裏には娘を嫁に「くれ」と望む商家に逆らえない「我」、そして途方に「暮れる」心の内が透けて見える。自身の芸術のために、娘のくのを身売り同然に嫁にやる。〝こんな親があるものか〟〝自分を放逐した実父と少しも変わらないではないか〟などと、心は千々に乱れた。

しかし、そういう成り行きになった以上、娘の幸福を願って「我」に出来ることはすべて手を尽くしてやろうと、そう思ってしだいに心を落ち着かせていった。これも〈縁〉なのだ、と。

娘を〝仕合せが悪い〟結婚から離縁に至らせた、その発端を伝える句である。

〈冬〉

賀・越の際《きわ》、婦人の俳諧に名あるもの多し。姿弱く情の癡《ち》なるは
女の句なれば也。今戯れに其《その》風潮に倣ふ。

しぐるゝや山は帯するひまもなし　（明和八年）

《をんないろいろ》の景を眺めるにしては、ここまで母と娘に偏り過ぎた。残りは、もう少し視野を広げ、当時の女性観や女性をめぐる状況などをみる。

掲句は詞書が重要だ。訳せば〝加賀や越の国々では婦人の俳諧に名句が多い。句体は手弱女《たおやめ》ぶりだが色情の濃厚なのが特徴だ。戯れに私もその流行に倣ってみる〟。

〝戯れに〟と言うが、蕪村自身、「其風潮」を好んで頻繁に詠んだようにも見える。女性に成り変わったり、擬したりして詠むのは、歌舞伎好きの蕪村には〈女形《おやま》〉の役者にも似た、わくわくする〝やつし〟の芸だったのではなかろうか。噂では蕪村、歌舞伎の物真似をする隠し芸があったという。

句意はまことにエロティックである。「しぐるゝや」で降ったり止んだりの空模様を言うが、その実、男出入りが激しく、いささか多淫な女を暗示する。「山は」に山の神である《をんな》がありありと現前し、「帯するひまもなし」で衣服を着る暇がないほどだという。こう解説すれば、乙女は頬を赤らめよう。これが「情の癡なる」という正体だ。「山は」に、例の〈巫山の雲雨〉の含意をこめて雅を保った。

巷間伝わるように、江戸時代までは日本人の性風俗がことのほか奔放だった。例えば夜這いの風習にしても、通うのは男だが、女の側にはその相手を好きな「誰か」と替えて許婚《いいなずけ》にしてよい権利があったと言われる。したがって女を男の性欲に供する〝道具〟だったという風に考えるのでは、日本の伝統的な女性観や男女関係を正しく理解することはできない。男女共ほぼ同等に（平等に）好色であり、それを容認する社会が作られていたのだ。〈婦人の俳諧〉を読み直してみれば、女性もずいぶんモーションを掛けていたことがわかる。和歌が恋のメディアだった古代からの伝統を考えれば、それも納得がいく。

蕪村自身、加賀越前女流俳人の句集『俳諧玉藻集』を撰している。そこから三句を抜粋してみよう。中には遊女の句もある。

蔓《つる》ひけば垣の外から長瓢《ふくべ》　都川

撫で送れ明けゆく笠を野の柳　留車

あぢさゐや花の誠はどちらとも　尾上

さて、どれが一番〝姿弱く情の癡なる〟やら。

草も木も小町が果や鴛の妻　（明和六年頃）

古川柳に〈弁慶と小町はばかだなあ嬶《かか》あ〉とある。弁慶、小町共に性愛の悦びを知らないからだという。特に小野小町（八二五〜九〇〇）は、平安時代の有名歌人で恋歌も多く詠みながら、深草少将に百夜通いをさせた伝説（九十九夜目に少将は倒れる）や貞操観念の堅さに評価が高まるどころか、むしろ情が薄く、あるいは不感症ではないかなどと酷い悪評まで立った。

江戸期、小町の伝説は謡曲『関寺小町』『卒都婆《そとば》小町』などの七小町や仏教文学『玉造小町子壮衰書』、絵画の『小野小町九相図』などで定型化され、驕慢のまま落魄した美女（醜い老女に成り下がる）のイメージが広まった。仏教では悪しき因果応報の典型にされた。

民衆には、その方が面白いし、納得もできる（カタルシスが得られる）のだ。

『関寺小町』は「百年《ももとせ》の姥《うば》と聞えしは、小町が果の名なりけり（繰り返し）」で結末となる。「小町が果」の措辞は、それから常套句として定着したのだろう。

一句は、雄鳥よりも美しくない「鴛《おし》の妻」のようだったなら、「小町」のような不幸はなかったろうにと憐れんでいる。枯れた「草も木も」見るにつけ、「小町」の成れの果てのようではあるが…、とも。その一方で、〈山川草木悉皆成仏〉を是とすれば、小町には何の罪もないし、成仏するのは間違いないとも聞こえる。

蕪村には、他にも多くの「小町」句がある。俳諧題としてよく出されたからだろう。しかし、優なる品格を保っていて、悪しざまに詠んだ句は一つもない。

雨乞の小町が果やをとし水（明和六年・秋　※掲句と類想性あり）

深草の傘しのばれぬ霰哉（明和六年頃・冬）

としひとつ積るや雪の小町寺（安永二年・冬）

蕪村の〈俗を離れる〉という句法がよく表れている。いくら俗世間に小町を貶める風潮があろうと、むしろそのことでなおさら小町への憐れみを深めた印象がある。まして小町が高名な〈歌詠み〉なれば、蕪村にとっては神女《みこ》でこそあったはずだ。実際に小町を雨乞いの巫女《みこ》の総称だとする説もあり、「雨乞の…」句はそれを踏んでいる。

深草少将のことも、小町が〈もののあはれ〉を知るゆえに、言い寄る男性すべてを平等に遇した結果と言えなくもない。そのように思えば、小町は〝永遠の美女〟として日本人の心の中に生き続けるはずである。

屁負比丘尼まかり出たよ衣くばり（明和六年）

「比丘尼《びくに》（尼僧）」は小町とは別の形で、諸欲から逃れて生きる女性の典型である。尼将軍と呼ばれた北条政子（一一五六～一二二五）や豊臣秀吉（一五三七～一五九八）の正室寧々《ねね》（高台院。一五四六～一六二四）などが晩年、政治的な意思表示として剃髪した例もあるが、尼になる理由はさまざまあったのだろう。

蕪村にしてみれば、自身と同様に脱俗隠逸の生き方をする身の上に強いシンパシーを感じていたかもしれない。

「屁負《へおい》比丘尼」とは、「良家の妻や娘に付き添い、放屁などの過失の責めを代理に負う比丘尼」だと言う。それが「衣《きぬ》くばり＝歳末に晴着を配る」に出てきた。昔は面白い習俗があったものだ。こういう一種の職能を持った尼が、蕪村と同様に還俗して聖と俗の間を取り持った。そのことは、次景《かみほとけ》でまた触れる。

尼と言えば、縁切寺や駆け込み寺が思い浮かぶ。夫婦生活が継続不可能と感じて、妻が夫から逃げてくるのだ。鎌倉の東慶寺がよく知られ、蕪村にも一句ある。

愚痴無智のあま酒造る松が岡　（明和五年・夏）

「愚痴無智」とは仏語で「仏法の理に疎《うと》い人」を指す。「松が岡」は東慶寺の場所で、「あま酒（尼と甘酒を掛ける）」を造って暢気に暮らす新発意《しんぼち》尼の姿が浮かぶ。そもそも飲酒や酒造は、仏門では禁忌の一つである。蕪村は、そのいわば破戒行為を笑って容認している。また、「ぐちむち」は酒が発酵する擬音語とも取れる。

俗化してしまえば止めどなくなり、中には「尼」の形で春をひさぐ者もあったと言われる。『徒然草　第百六段』高野証空上人の弁「比丘（男の僧）よりは比丘尼はおとり…」から想を得て、次のような句も詠んでいる。

紅梅や比丘より劣る比丘尼寺　（安永四年・春）

私は、蕪村が「比丘尼」に別の良さを見出し、優劣の問題にしては仏教の平等思想に反するではないか、と言っているように思う。やはり、眼差しは優しい。

こんな狂歌がある。〈尼さんを抱いて寝てみりゃ可愛いものよどこが尻やら頭やら〉。実にけしからん。南無阿弥陀仏、南無阿弥陀仏。

宝舟梶がよみ歌ゆかしさよ　（安永六年）

正月の句で《をんないろいろ》を締めくくる。妙な感じだが、歳時記では春夏秋冬の後に〈正月の部〉が来るので仕方がない。

「梶」とは、宝永年間（一七〇四～一七一一＝蕪村が生まれる以前）、京都祇園（現八坂神社）の鳥居南にあった茶屋の女主人で歌人だった。「舟」に「梶（舵）」の縁語を利かせた。それが「ゆかしさ（慕わしさ）」に通じている。

「梶」が残した〈のどけしな豊葦原《とよあしはら》の今朝の春水の心も風の姿も〉という立春の歌が名高い。さほど秀歌とも思えないが、それより「梶さん」は評判の美人だったのだろう。古今東西に美女の伝説だけは、不朽と言えるほど長い生命力を持つ。蕪村より少し後に蓮月尼（大田垣氏。一七九一～一八七五）という美貌の歌人・陶芸家が京で活躍し、伝説を残したのも同じような例である。

ともかく蕪村は、伝説の女流歌人「梶」の顕彰に尽した。そこには愛憐と憧憬の情があふれている。今なら、与謝野晶子（一八七八～一九四二）や金子みすゞ（一九〇三～一九三〇）を褒め称えるようなものか。

かつては〝鄙《ひな》には稀な美女〟という褒め言葉があった。あるいは〈手に取るなやはり野に置け蓮華草〉の句もある。《をちこちところどころ》に輝く女が居てこそ、世は太平楽なのではないか。つまり「宝舟」に乗った七福神の紅一点・弁財天にもなぞらえている。

安永六年は、蕪村にとってゆゆしき年であった。その正月に詠んだ一句は、舟の舵取りの難しさと同様に、《をんないろいろ》に難儀する蕪村を結果的に予言するようなものとなった。欧米では「舟」が女性名詞であること、また日本でも「舟」に女が乗ると、女神の海神《わたつみ》が怒るという言い伝えなどが想起されて面白い。

章末ながら、蕪村の女性観や女性に対する優しさが端的に表れた詩『春風馬堤曲《しゅんぷうばていきょく》』に触れておこう。〈やぶ入や浪花《なにわ》を出《いで》て長柄《ながら》川〉で始まり、生娘の行末を案じる情感に満ち溢れた歌曲十八首が連なる。情緒纏綿。現代詩の先駆となる自由なスタイルを堪能できる。ぜひご一読を。

かみほとけ

六景

六景　かみほとけ

《かみほとけ》とは、文字通り「神」すなわち神道的な世界観と「仏」仏教の世界観を統合した景である。大まかに言えば、〝蕪村の宗教観〟がうかがえる句群を集める。

前景《をんないろいろ》にも、蕪村の信仰心をしのばせる句が幾つかあった。まず、亡母の五十年忌を営んで供養した。娘の離縁に際しては巫女に何事かを託し、神頼みする姿があった。他にも尼や小町寺に詩と真実を求めようとした。それらから察するに、蕪村の日常はそれこそ〝空気のように〟宗教的な気分に満ちていたように思える。

蕪村自身、青年期に浄土僧として得度し、仏道修行から書画、俳諧の才華を開いた。それは蕪村だけの特別な生き方ではない。当時の人々にとって知の源泉は宗教の中に求めるべきもので、寺の小僧になるのが学知の領域に踏み入る近道であった。

蕪村は四十代に還俗《げんぞく》、つまり僧侶の身分を捨てて一介の絵師俳諧師となるのだが、仏教修行がその芸術に滋味をもたらしたのは紛れもない事実である。仏教（主に浄土宗）が願う世間や人間の理想像と実社会（仏教界も含めて）がいかに懸け離れているかも、修行僧としての経験や学識を得て初めて認識できたのだろう。

極言すれば、宗教も俳諧も言葉によって成り立つ。神道には祝詞《のりと》、仏教には経文や偈《げ》などがある。現代の生活にまで浸透する宗教由来の熟語、ことわざの類は枚挙にいとまがないほど。蕪村は、いち早くそれを理解して、積極的に俳諧の中に取り入れようとした。ただし、宗教に付きまとう衒学的な側面は巧みに避け、是々非々の態度を保った。そこに、蕪村俳諧の基本的なトーンもある。

蕪村の心情は、鎌倉三代将軍で〝歌将軍〟と呼ばれた源実朝（一一九二〜一二一九）の次の歌に近かったかと思える。

神といひ仏といふも世の中の人のこゝろのほかのものかは

御忌の鐘ひゞくや谷の氷まで　（安永四年）

「御忌詣《ぎょきもうで》」すなわち、浄土宗の宗祖法然（一一三三〜一二一二）の忌日に営む法会を詠んだ。正月十九日から二十一日まで京都東山大谷（かつて吉水《よしみず》とも呼ばれた）の知恩院で営まれる。知恩院は慈恵僧正（九一二〜九八五）が創始し、法然が再興した。京都四箇本山の随一（総本寺）とされる。

蕪村が、若い頃に浄土僧として修行した話は時おり触れた。〝何で身を立てるか〟を模索していた時期でもあり、釈宰鳥（宰町とも）と称した。その中で、書画と俳諧の才を磨いた。そこで一句である。「谷」はただの谷ではない。浄土宗に縁のある「谷」で、大谷や黒谷を想起する必要がある。黒谷は同じく京都四箇本山の一つ金戒光明寺の通称で、江戸初期に知恩院と共に幕府によって城郭構造に改築された。戦時への備えのためだ。幕末、黒谷は実際に京都守護職松平容保《かたもり》公（一八三六〜一八九三）の本陣として使われた。

実は蕪村、仏教界にはかなり失望していた風なのだ。「谷の氷」が、黒谷や大谷などの「谷」（宗派や寺院の狭い領域、見解）に閉じこもって、「氷」のように固くなった水（吉水または仏教そのものの比喩）の様をやんわりと批判している。

そもそも法然上人は、「専修念仏《せんじゅ》」（ただ念仏を唱えるだけ）を説いた。それを忘れて宗派間の対立や政治への接近などに明け暮れている。そんな硬直したような「谷の氷」に上人の「鐘」（警鐘）を響かせたい、響かないものかと、蕪村は念じて詠んだのではないか。

蕪村の生きた時代、徳川幕府が浄土宗を保護したことから権威主義に陥り、法然の時代の初々しい輝きを失った。それでも蕪村は、浄土宗を軸に他の仏教各派からも良き面を吸収して、精神修養の規範としたようだ。

禅僧で仏教学者の鈴木大拙氏（一八七〇〜一九六六）によると、浄土宗の人格的な相好は阿弥陀如来として対象化されている。無量光のシンボルでもある。そして、阿弥陀如来には四十八の誓願があり、人間は成仏のためにそれらの誓願を達成しようとする。阿弥陀の側は四十八願（または無量劫にわたる無量数の誓願）を、衆生の側は不断の念仏と懺悔を相互に示さねばならない。宗旨の本質はそれに尽きるという。

古寺やほうろく捨るせりの中　（安永七年頃）

「ほうろく」は焙烙鍋《ほうろく》（平たい素焼きの土鍋）のことと解せるが、「法録」をも掛けて仏教書の意味をこめている。初期俳諧の伝統に沿った言葉遊びの風趣を利かせた。下五の「せり」も、季語の「芹」と「競り」つまり競売を言い掛けた。
「古寺」が無住になって廃れていく様子が、調理具はおろか仏書まで捨てられる景に描破された。前句との関連でいえば、「芹」は清らかな水の流れ（つまり法統）に育まれる。「焙烙」を捨てて水流を汚すようでは〝仏道、何をか言わんや〟である。

蕪村が、どんな「法録」や経典を学んだかは確認できない。ただ、その旺盛な読書欲に鑑みて、今日まで伝わる法華経や華厳経、阿弥陀経といった経典のほか、空海（七七四～八三五）、法然、親鸞（一一七三～一二六二）などの高僧名僧の著書伝書などは読んでいたと考えられる。それらの諸説や思想のうち、どれを受け入れ、どれを排除したかはわからないが、少なくとも基本的な用語と概念の理解の度は、一般的な僧侶以上のものがあったはずである。

ある年の暮れに芭蕉翁の業績を讃えるに際して、「〈としくれぬ笠着てわらぢはきながら（芭蕉の句）〉。片隅によりて此の句を沈吟し侍《はべ》れば、心もすみわたりて、かゝる身にしあらばといと尊し。我がための摩訶止観《まかしかん》ともいふべし」と書いた（このことは、《あらずになし》の景でも論じた）。

「摩訶止観」とは、仏教の規範とも言うべきもので、その名を冠した書もある。その一節に「彼《か》の大地、種類具足《ぐそく》（揃うこと）し、雨の潤気を得れば、各《おの》おの開生（生まれること）す。生ずること亦《ま》た前後あり、果を結ぶこと倶《とも》にせず」とあり、特に傍線の部分は蕪村の世界観にも通じる（「前後」の意識については八景《きのふけふあす》で詳説する）。

その他にも、どことなくおちゃらけた調子で蕪村は仏教用語をよく使う。「頓悟した」と書くときは何か真理の一つでも理解したのだろうし、「善知識」（優れた僧侶の意味）と手紙で自称するときは児戯のように威張ってみせた。つまり、仏語の大仰さを積極的に取り入れつつ少し軽々しく〈俗語〉の列に加えていった。

自身の経歴に照らして、〝仏法僧、何するものぞ〟の気概があふれている。

西行の慾のはじめやねはん像　（明和八年）

「慾《よく》」という生な言葉を使ったのは、仏教のシンボルたる「ねはん（涅槃）像」（釈迦入滅の像）との兼ね合いからである。仏教は五慾（眼耳鼻舌身の五官に伴う欲望）を離れ、身口意《しんくい》（身体と言葉と心）の清浄を願う。第一景《いのちみこころ》で述べたとおり、蕪村の心身への関心は仏教のそれと重なり合う。

「西行の慾」とは春の望月の日に死にたいという、おなじみの歌〈願はくは花の下にて春死なむその如月の望月のころ〉を伝えている。

そもそも西行法師は、仏の道を「ねはん像」（死に方）への憧れという私的な「慾」から志し、全く考え違いをしているという皮肉がこめられている。もちろん俳諧なので〝西行はん、そら「慾」と違いますか〟と、軽いひやかしの調子ではあるが。

「涅槃」は、梵語の「ニルバーニャ」を漢訳した言葉で、煩悩を断じて絶対的静寂に達した状態だそうだ。時に〝死〟と同義に用いられる（ちなみに西行の名も〝死を覚悟〟したという意思表示（西方浄土へ行く）だ）。現代の日常からは程遠い言葉だが、俳句では「涅槃西風《にし》」「涅槃会」などの季語が生きている。その意味で、俳句は言葉の絶滅危惧種を保護するサンクチュアリの役目も果たしている。

蕪村の思いを忖度《そんたく》すれば、「慾」はすでに俗語、「涅槃」はまだ仏教語だが、一句の中で調合させれば、元々〈縁語＝仏教語〉であるわけだから、相互に共鳴し合って相乗効果で新たな詩世界が生まれるのではないか、と。

そもそも蕪村の離俗論の一節〝俗語を用ゐて俗を離るゝ〟にしてからが、どこか禅の偈《げ》を思わせる。言ってみれば、禅語は一見矛盾・対立する事象を包括的かつ融通無碍に呑み込む。『碧巌録』という禅書には、蕪村の好みそうな表現が多く目につく。「無事に事を生ず」「己に迷うて物を逐《お》う」「賊のために梯《はしご》を架す」「巧匠跡を留めず」などなど。

蕪村は当然ながら、無学な人や子どもを相手に作句をしていない。仏教語を同程度にわきまえる（教養を持つ）人々に向かって詠む。そこに妥協は無い。

「慾」に関しては、『徒然草』に「大欲は無欲に似たり」とある。蕪村の考えは案外、こういうところにあったのではないかと思う。

大門のおもき扉や春のくれ　（天明元年）

「大門」は仏門を象徴化したものと考えてよい。東京には芝大門《だいもん》の名が残り、昔日の増上寺の繁栄ぶりを伝えている。増上寺は浄土宗の東の本山または檀林と呼ばれ、蓮門（浄土門）の頂点に君臨していた。総録所として最高議決機関の役割を果たし、全国の末寺に号令を掛ける、いわば仏教省のようなものだった。

そういう体制や幕府の寺院統制策を担った事実を考えると、「大門」の「おもき扉」という表現から、物理的な重量だけではない権威の重さが伝わってくる。

江戸時代を通して、宗教統制は幕府の重要課題の一つであり続けた。蕪村もまた、そういう体制に唯々諾々と従いつつ亨保の改革期から天明期まで生きた。ましてや自らも、増上寺に聴講僧として若い一時期を過ごしている。蕪村の胸の内には、語るに語れぬ濃厚な思いが鬱勃と淀み広がっていたのだろう。

「春のくれ」と言い止めた心には、自身の青春時代の終焉を重ねているのかもしれない。僧侶として立身できなかった挫折感が、そこはかとなくにじむ。蕪村は多くを語らないが、その時期の蕪村がどれほど仏法や詩書画の修行に励んだか、後年の豊かな画業・句作から推して知るべきだろう。人生の「扉」は、そうして開いたという自負も感じられる。

ところで、江戸随一の公許遊郭・吉原には「大門《おおもん》」と呼ばれる検問所があった。遊女の足抜け（逃亡）やお尋ね者の出入りなどを防ぐためである。落語『明烏《あけがらす》』は、「大門」を取り入れた落ちが冴え渡っている。この句は、吉原に舞台を変えても通用する面白さがある。すると、「春のくれ」は春情に関わることとも読めてくる。

同じ言葉や措辞で、聖と俗の両面に利かす。そのあたりの〝解すべく解すべからず〟の趣向も、蕪村らしいところである。


〈夏〉

ころもがへ印籠買に所化二人　（明和六年）

「所化《しょけ》」とは、寺で修行する学僧で「能化《のうけ》」（宗派の長老や学頭）の下に置かれる。本山の増上寺（江戸）や知恩院（京都）などには特に多くいた。その学僧が二人して「印籠買《いんろうかい》」に出かけるという景である。

「印籠」（はんこ類を入れる小箱）は庶民のアクセサリーで、ふつう僧侶には無縁の物のはず。それを買いに行くのは、一種の破戒行為である。おそらく武士や町人に成りすまして、悪所に出入りするのだろう。

そういうことを認識した上で「ころもがへ」を再び考えると、初夏の風物詩を詠みながら、墨染の衣を着替えて出かける「所化」の軽忽さも匂う。

蕪村は、表立って社会批評をすることはない。しかし、書簡などを読むと批評精神の横溢ぶりも伝わってくる。この句は、仏教界の堕落ぶりをほんの些細な一点景で描いて見せたものだ。あるいは自身、修行時代にそんな光景を嫌というほど見たのかもしれない。自身も悪友に誘われて悪所通いをしたかどうかは、さて措《お》く。

蕪村が還俗したのは、仏道修行に嫌気が差したからだけではなかろう。書画俳諧の道に自信を深め、〝生きる活路〟を見出したことが大きかったと考えられる。聖なる衣を替えて、俗世の贅沢(「印籠」に象徴される)を求める所化の姿はつまり、自嘲を交えた自画像であったかもしれない。

蕪村とほぼ同時代の学者本居宣長(一七三〇～一八〇一)は、『源氏物語　柏木の巻』を論じて「仏の道といふ物は、心よわく物の哀れをしりては修行する事ならぬ道也。さればいかにも物の哀れをしらぬ人になりておこなふ道也」と書いている。俳諧の道は芭蕉翁によって、より強く〈物の哀れ〉を知ろうとする方向に転じた。それを継承する蕪村も、「仏の道」には居られないと思い切ったのだろう。ましてやここまで腐敗と堕落が進んでしまっては…。

重荷もち丁身をなく夏野哉　（明和五年）

寛保三年（一七四三）、若き修行僧の蕪村が、野総奥羽（北関東から東北地方）の旅で詠んだ『夏野六句』の内の一句である。

常ならぬ「身」がここにある。「丁身《よぼろ》」は、丁（人夫）のように「重荷」を担いで歩く自身を描写している。「なく」とは、「嘆く」の意味が強い。また、「身をなくす」という印象づけも意図しているだろう。まさに身も世もない苛酷さが伝わる。

他の夏野の句で用いた「笈《おい》」は「重荷」と言い替えられた。いよいよつらい。地獄の責めを「身」に受ける蕪村がいる。心に余裕はなく、空に「啼く」鳥、木に「鳴く」蝉の声さえ聞こえない。ただ「身をなく」孤独な心の呻吟がしきりに耳朶《じだ》を打つのみである。

現代の我ら、修行僧でもない身であってみれば、こういう過酷な経験はなかなかできない。まして江戸時代の行脚は、芭蕉の『野ざらし紀行』『奥の細道』のように「野ざらし」、つまり骸骨となって身を野に朽ち果てさせる覚悟の上だった。蕪村の行脚も、仏法でなく俳諧・書画修行の一環だとしても、死への不安が付きまとっていただろう。

仏教には〈心身脱落《とつらく》〉という言葉がある。己の心身への執着を断つという在り方だ。蕪村は、それを目指してはいない。それどころか、前句〈所化二人〉で引いた宣長の「心よわく物の哀れをしりて（は）修行する」俳諧・書画の道を選んだ。なぜと言えば、苦行に身を置いて初めて得られる感覚の方に〝用があった〟からである。その成果は十分にあったようで、鋭敏な感覚はますます研ぎ澄まされた。

夏野の句には、他にも過激なものがある。

巡礼の鼻血こぼし行《ゆく》夏野哉（明和五年）

討《うち》はたす梵論《ぼろ》つれ立《だち》て夏野かな（安永六年）

前句は〝のぼせ〟のような症状で鼻血が止らない「巡礼」の姿、後句は「梵論」（虚無僧《こむ》）に変装した者が仇討ちに向かう景である。夏野は、誰にも修羅場であった。

神秘そも人にはとかじ氷室守（安永六年）

「氷室守《ひむろもり》」は、今や希少な職業である。寒冷地で冬の間に切り出した池や湖の氷を洞窟などの「室」で低温管理し、夏に上つ方へ献上した。『日本書紀』にも記述があるほど起源は古い。冷凍保存の技術が低い時代、氷を解けないように管理・運搬するのは並大抵のことではない。それを蕪村は、「神秘《じんぴ》」と言い表した。記紀の時代から伝承されているとすれば、稲作や酒造りなどと同様に「神」からの賜物として「神秘」と考えられたに違いない。

句意は、「氷室守」の仕事はさぞ大変で、その秘伝はおいそれと人には「とかじ（説くまい）」だろうという。「とかじ」は「神秘」と「氷」（解かすまい）の両方に掛かっている。

この《かみほとけ》の景で取り上げるのは、「神秘」の言葉による〝か細い〟縁からではない。「氷」は、そのかみ神の賜物として祭祀に用いられた。奈良には、ずばり〈氷室神社〉があり、現在も献氷祭を伝承する。年々の氷の出来映えで、何かの吉凶（おそらく天変地異や人災）を占ったとも言われる。

何はさておき、「氷」は「神秘」にほかならない。「神秘」の語は、今でも「生命の神秘」「宇宙の神秘」などと使う。探っても探っても、なお人知の及ばない不可思議な事象・現象を指す。科学万能のように言いながら、「人」の知力の限界は必ずある。「神秘」が部分的に解明されたとしても、さらにまだ「神秘」は眼前に広がっている。それゆえに「神秘」は、人を魅了し誘惑しつづけるのだ。

ここでは「氷室守」だが、桜の花守、酒の杜氏、鵜飼の鵜匠など一つの技芸で身を立てる人々への共感は、蕪村句のもう一つの魅力である。その源を考えれば、やはり技芸の奥にある「神秘」を彼らもまた追求しているのだ、という共感だろう。

裏を返せば、ただ先人の思想を生半可に受け継いで、それを楯に権威張るような今の仏教には「神秘」を見出せるはずがないと、暗に批判している。

裸身に神うつりませ夏神楽　（安永六年）

まず、韻律に仕掛けがある。「はだカミにカミ」と畳み掛けている。これは、単に韻の味わいを出すのが狙いではない。「裸身」には、そもそも「神」が宿るものだという暗示が込められている。

神仏の「神」の方は、日本では仏より古くから在《おわ》す。神の道とも神道とも言われ、『古事記』にその神話が語られているが、仏教伝来以来、政治的な計らいもあって陰の存在のように扱われることが多くなった。〈本地垂迹説《ほんじすいじやく》〉がその最たるもので、仏教の中心に在す釈迦牟尼仏を絶対的な本地として、逆に元からの神々は仏教で言うところの権現（「権《かり》の姿で現れる」の意味）とされた。

これはまるで先祖伝来の家に住んでいた家主が、後から入り込んできた人に「ここは元々私の家だったところで、君は知らずに住んでいたのだ。住みたいなら貸してあげるが、名義は私の方に戻すよ」と言われたようなもの。神道の最高神である天照大御神《あまてらすおおみかみ》でさえも、大日如来の権現として仏教に取り込まれた。

しかし、この時代にはもう本地垂迹説の無理を指摘する学者が現れた。本居宣長もその一人で、垂迹説を〈漢意《からごころ》〉による〝ひがごと〟（＝謬論）として退けている。

蕪村も仏教には失望し、むしろ神道的な世界観に希望を見出した節が随所に窺える。あるいは、当時の古学（国学）隆盛に同調した面もあるかもしれない。神道の儀式をみる眼差しは、仏教に対するほど厳しくはないのだ。

やや面倒な話になったが、ともあれ「夏神楽」を守ってきた伝承の意識は、神仏の争いとは無縁な民衆のものであった。神でも仏でも、「裸身」を無事息災に保つのにご利益があれば〝どっちゃでも構《かま》やしまへん〟なのである。

〈秋〉

相阿弥の宵寝起すや大文字（安永六年）

「相阿弥《そうあみ》」とは、室町将軍足利義政（一四三六〜一四九〇）に仕え京都銀閣寺の造園に従事した同朋衆《どうぼう》（僧形の技術者）の一人。やがて〝チーム相阿弥〟となり、集団の呼称になったようだ。

「阿弥」を名乗る者の多くは浄土門のうち時宗の徒とされ、「○阿弥陀仏」を略した。南北朝時代の歌僧（連歌師）頓阿（一二八九〜一三七二）のように、さらに「○阿」とまで略す例もある。江戸初期の刀剣研ぎ師で鑑定家として高名な本阿弥光悦は日蓮宗であったから、だんだんに宗派と「阿弥」号が必ずしも結びつかなくなった。

一句は「大文字焼き」（五山送り火）の景である。「宵寝」は宵の内から寝ること。あるいは追い込み作業で疲れが出たか、自身も「大文字」になって寝る姿（寝相）に滑稽味があふれる。仲間が〝おいおい、そろそろ起きないか。山に火が入って「大文字」が燃え上がってきたぞ〟という情景。物の本によると、大文字焼きの薪も「相阿弥」のグループが山を手入れしながら一年がかりで準備したらしい。

司馬遼太郎氏（一九二三～一九九六）は「阿弥集団」と呼び、彼ら職能僧が日本文化の発展に大きく貢献したと述べる。猿楽（能楽）の観阿弥（一三三三～一三八四）・世阿弥（一三六三～一四四三）父子や茶道の基礎を作った能阿弥（一三九七～一四七一）などが名高い。個人としての「相阿弥」（一四七二～一五二五）は、その能阿弥の孫に当たる。

蕪村は、彼ら阿弥集団に深い親愛の情を覚えていたらしい。自身も同じ職能に生きる〝僧侶くずれ〟だという自覚と、それゆえの強いプロ意識も根底にあっただろう。そこに、蕪村の直き心根が池水に映る名月のように見て取れる。夏に「氷室守」を「神秘」と詠嘆したように、「相阿弥」ら阿弥集団もまた「神秘」の探求者であったと理解する知恵の光で、その名月は煌々と満々と照り輝いているようだ。

そうそう、忘れていた。蕪村の師匠巴人も別号を「宋阿」と言った。これも、正式に呼べば「そうあみ」。

地蔵会やちか道を行祭客　（安永六年）

京都は祭に彩られる。五月の葵祭、七月の祇園祭、十月の時代祭は三大祭とされ、その他にも大小数えれば年中どこかで何かの祭が行われているかのように思える。京都が天皇家という国家の祭主を戴き、鎮護や祈願の心が老若貴賤を問わず強い土地柄なのも理由の一つだろう。信心深さに、神仏を分け隔てる心は少ないように見える。

「地蔵会」は庶民の祭であった。過去形で言うのは、今はほとんど廃れて〝京都をつなぐ無形文化遺産〟として、か細く保存されているからだ。旧盆の時期に合わせて行われたことから「地蔵盆」とも呼ぶ。辻々の地蔵菩薩や御堂を洗い浄め灯籠を立て供物を上げる。地蔵菩薩は子供の守り神で、子供たちが僧侶の読経に合わせて〝数珠回し〟を行ったりもする。元をたどれば、地蔵は親より先に死んだ子供が賽の河原で苦しむのを救う菩薩（仏）である。

一句は「ちか道を行《ゆく》」とあり、地蔵会の一行事で六地蔵を廻って参詣する〝六地蔵詣〟を詠んだ。京都地誌『雍州府志』には、洛陽六地蔵として賀茂、山科、伏見、鳥羽、桂、太秦《うずまさ》とある。全行程「十里余（約四〇キロ）」。「ちか道」もしたくなる。

あるいは〝六道の辻参り〟かもしれない。六道とは、仏教で迷える亡者が輪廻する苦界で、天道、人間道、修羅道、畜生道、餓鬼道、地獄道を指す。地蔵は仏の中で唯一、六道（冥界）

を輪廻して衆生を済度《さいと》（救済）するとされる。

安永六年の作であれば、また娘くの（きぬ）を案じる親心に想いがゆく。「ちか」とわざわざ仮名にしたのは、「近」と「地下」を掛けているのではないか。すると、子供のくのは地蔵菩薩に救われて、小野篁《おののたかむら》（八〇二～八五三）伝説のように「地下」を通って、どこかの井戸から戻り〝きぬ〟に生まれ変わったという寓意も成り立つ。

以上は、蕪村の信仰心や伝説好きを念頭に飛躍させた空想だが、ただ単に「近道」と考えた場合の句のつまらなさから、地蔵のように救ってくれるはずである。

門前の老婆子薪貪る野分かな　（明和五年頃）

「門前の老婆子《ろうばす》」は禅書の『碧巌録』などに頻出する、いわゆる禅語の一つである。訳せば「そこらの婆ぁ」といった少し砕けた、かつ難行道である禅宗にふさわしい猛々しい批評を込めた言葉と言える。

禅宗では、ほかにも「皮袋《ひたい》」（中身の無い人間の喩《たと》え）とか「外道《げどう》」（他宗派）といった激しい言葉で〝未熟な修行者〟を罵る。投げつけられた相手も、そんな言にひるんでいては修行にならないから、鼻先に蠅が止まったほどにも感じない（態度をとる）。

言葉によるボクシングのような形だが、それで無の境地や放下など菩薩のような心性を得ようというのだから驚く。同じ禅でも、座禅の静けさ（和事）とは打って変わった問答（説破《せっぱ》＝論争）による荒事の禅である。

余談になるが、日本に曹洞宗をもたらした道元禅師（一二〇〇～一二五三）が南宋に渡って修行の折、かの地の修行僧たちの口臭のひどさに辟易したという。ついに立腹して「勘違いをしている。禅の修行は、無神経さや不潔さを学ぶものではないはずだ」と、歯磨きの習慣を教えた。つまり、荒々しい宗風は時に無軌道や無秩序に堕落するという話。

句に戻ると、「門前の老婆子」までが初五に当たる字余りである。漢詩風の詠みぶりに、禅宗の気合を取り入れようとする蕪村の意欲がにじむ。しかし、別に「門前の」としなくても成り立つ。〈老婆子の薪《たきぎ》貪る野分かな〉でよい。それを敢えて「門前の」としたのが趣向で、句柄もぐんと大きくなった。「門前の」で仏教の気分と共に、その言辞を用いてきた歴代の禅僧たちの営為も背景に透けて見える。蕪村の用語法が絵画の技法にも一脈通じる、という好例である。

句意は、「荒々しい野分が去って、門前の婆さんが禅林（禅寺）の折れた枝を貪欲に拾い集めている。なるほど、脱俗の禅林も荒れた気象によって俗世の利益になることもあるんだなあ！野分もいいもんだ！」と。ただし、これも荒っぽい解釈。

題　白河

黒谷の隣はしろしそばの花　（安永五年）

一休禅師（一三九四〜一四八一）の逸話に、白河（洛北）の僧侶が禅師を訪ね「紫野丹波に近し」と詠みかけると、禅師が「白河黒谷の隣」と即座に付けたというのがある。紫、丹（赤）、白、黒と、いわば〝色尽くし〟の応酬である。蕪村は、それをさらに飛躍させて「しろし」と置き、「そばの花」に結びつけた。

俳諧も禅話も、こういう言葉遊び（あるいは単に遊び）の感覚が重要なエッセンスであることを伝えている。現代人には、こういう部分（諧謔《かいぎやく》と言ってよいか）がよほど足りなくなってきた。自他の人間や事象、現象を寛大に、時にはユーモアに満ちた眼で観ずる心の衰退と言うべきか。

「黒谷」は、かつて法然上人が浄土宗の寺を開いた場所である。現在も金戒光明寺として幾棟もの塔頭が集まる。その東側を白川（白河）が流れている。

「題　白河」とあって、「黒谷の」と入るところはさすがに蕪村の水際立った才智を感じるが、それ以上に中下の運びが仏教者の生活をほのかにしのばせて見事だ。川も白だが、「そばのはな」も白いときた。「隣」にちなんで「そば」もいい。蕎麦は精進料理に欠かせない。仏教の〈有縁〉とはそういうことですかと、拈華微笑《ねんげみしょう》さながらに問い返したくなる詞と事象の連係である。

仏教の文辞には、偈《げ》や頌《しょう》といった手法がある。蕪村には、古今の仏者の語法から大いに感化されるところがあったようだ。俳諧道は仏道と同じように「詞を用いて真理を伝える道」だが、もっと軽やかに行く道だと頓悟もした。

頓智ばなしで有名な一休禅師について少し触れれば、臨済宗の大本山大徳寺の第八十四世住持にして偉大な文化人。唐由来の三体詩を学び、晩年の詩集『狂雲集』は後に連歌、狂言、作庭、茶道など室町文化全般に影響を与えた。

仏教（禅宗）を軸にして芸術を志向するあたり、蕪村も先蹤として大いに学んだのではないだろうか。また、破戒の極みである〝女犯《にょぼん》〟（女性と情交したり、妻帯することの禁）を平然と打ち破った。還俗した蕪村は、どれほど勇気付けられたことか。

一休禅師もまた、仏教者でありながら仏教の強烈な批判者であった。

〈冬〉

あなたうと茶もだぶだぶと十夜哉

（明和五年頃）

「あなたうと」は、芭蕉翁が『奥の細道』中、日光で詠んだ句を思い起こさせる。〈あらたうと青葉若葉の日の光〉。どちらも「ああ、尊いこと」の意味である。

「茶にする」は〝茶化す〟という意味でもあるから、不謹慎にも「十夜」を茶化している。「あなたうと」と言いながら、少しも尊いと思っていないのだ。どうも蕪村はん、もう、とうの昔に浄土宗と訣別した気分が感じられる。

「十夜」とは、十月五日夜から十五日朝まで浄土宗寺院で行う念仏法要のこと。「だぶだぶ」は「南無阿弥陀仏」を連誦する声（なんまいだぶ）の擬音語である。そんな念仏の声に合わせて入れた「茶」まで「だぶだぶ」と、たっぷり大量に注がれるという印象があふれる。こういう擬音語も、蕪村には〈俗語〉の一つだったのだろう。

また、「十夜」も念仏を唱えるのだから、眠気覚ましのためにさぞ「茶」を「だぶだぶ」注いで飲み、腹も「だぶだぶ」になるんじゃないかな、「ああ、なんて尊い」ことだろうと、揶揄《やゆ》の警策《けいさく》（座禅で肩などを叩く棒）はびしびしと念仏者を打って止まない。

京都には、念仏を「だぶだぶ」唱えると極楽往生する思想そのままの地名「百万遍」も残っている。智恩寺の別称である。市バスの行先表示に「百万遍」と大書されていて、初めて見た時は京都らしさを感じて驚きつつもうれしくなった。地名にまで、宗徒の心掛けを思い出させようとする狙いがあるのだろうか。

俳句は氷山の一角のようなもの。ひそみ隠れた含意を汲むところに面白味がある。

腐儒者韮の羹くらひけり　（安永六年）

《かみほとけ》の景で、「儒者《ずさ》」を取り上げるのは間口の広げ過ぎだろうか。だが、当時は〈儒釈不二〉という通念があった。儒教と仏教は一つという意味だ。ならば、「葷酒《くんしゅ》山門に入るを許さず」と、寺門の扁額にかける仏教の常識も弁えていなければおかしい。それが「葷（匂いの強い菜。特に葱《ねぎ》・韮《にら》）」の「羹《あつもの》」を「くらふ」とは何事だと、蕪村は批判的に詠んでみせた。

儒教は言うまでもなく孔子(前五五一～前四七九)を始祖とする。孔子の唱えた教義では、〈五常〉すなわち〈仁・義・礼・智・信〉が核心であり、次に〈三綱〉（君臣・親子・夫婦間の道徳）が説かれる。一口に言えば、人が社会生活を営む上での教訓集のようなもの。

徳川幕府の執政者は、儒教に対してそれぞれ〝温度差〟があった。最も重視したのが寛政の改革で知られる老中松平定信(一七五九～一八二九)だろう。元は林羅山(一五八三～一六五七)の林家が専門で継承する私塾で教えていたのを、幕府直轄の〈昌平坂学問所〉に移し、いわば官立にした。蕪村の死後、まもなくのことである。〈改革〉を進めるには、時に強い理念が要る。そこで、厳めしい儒教の教義と言葉に利用価値を見出したと考えられる。

そういう解説をした後で一句をみれば、権威を尊重するかけらもない。「儒者」を名乗りながら、全く自堕落な生活をする「腐儒者《くされずさ》」がいかに多かったかが知れる。

当時、同様の衒学者《げんがく》を揶揄した言い方に「道学先生」とか「経儒先生」というのがあった。もちろん中には本物、尊崇に値する仁者もいたが、どうやら世の中の動きに合わない時代後れの学者という認識が深まりつつあったようだ。

下々の庶民でも、前句の「だぶだぶ」ではないが、論語の表現「子曰《しのたまわ》く」を捉えて儒者は〝火の玉（しのたま）食う〟のが習いだとからかったりした。その点、蕪村は遠慮がちだ。と言うのも、弟子には儒者もいる。たとえば樋口道立先生である。

《をんないろいろ》で取り上げた〈妹が垣根さみせん草の花咲ぬ〉のエピソードのように、蕪村の女遊びをたしなめたりもした。かの先生は決して「腐儒者」ではない。時に諫言もする仁者であった。蕪村には、そこがまた好ましくも疎ましい。

金福寺芭蕉翁墓

我も死して碑に辺せむ枯尾花　（安永六年）

儒者樋口道立を「首魁」として建立したのが、洛東一乗寺村の金福寺芭蕉庵である。この句に先立つ前年、『洛東芭蕉庵再興ノ記』を献じて芭蕉翁の遺功を讃えている。

しかし、どうも金福寺を芭蕉ゆかりの地と定めるには、いささか根拠が薄い。それを敢えて挙行したのは、当時の俳壇にくすぶっていた〝だれが蕉風（正風＝正統）の後継者か〟のデリケートな問題と関連がある。まだ芭蕉没後百年になる前から、その法要を大々的に営む者が、あたかも後継者としての地位を得られるかのような空気に支配されつつあった。これは複雑な話になるので、それ以上立ち入らない。

要するに芭蕉大明神を高々と掲げて、同時に俳諧をも和歌に次ぐ第二文学から一段上に高めてしまおうという機運、あるいはムーブメントが盛り上がったのだ。

蕪村が純粋だったとは言うまい。ただ、道立先生に見込まれて片棒を担いだのかもしれないが、蕉風継承については〝他人に任せられない〟という気負いを持っていたのは確かである。

とにかく芭蕉翁は、そういう俳人たち、俳壇の後継者たちによって神格化された。蕪村は画業の上でも、無数の『芭蕉像』を描いて神格化に貢献している。それは句座において床の間に飾り、柏手でも打って拝するために用いられた。和歌の方では、平安期は柿本人麻呂（六六二〜七一〇）、室町期には藤原定家（一一六二〜一二四一）の肖像を床の間に飾った習いが伝わる。学問の世界なら孔子像、あるいは天神様・菅原道真（八四五〜九〇三）像の場合もある。

日本では人神と呼び、古来神として祭り上げられた人は多く存在する。不遇で世に恨みを抱いたであろう偉人も〈御霊《ごりょう》信仰〉の名で神格化された。人麻呂、道真公がそうだろうし、聖徳太子（五七四〜六二二）、平将門（九〇三〜九四〇）、崇道天皇（早良親王《さわらのみこ》。七五〇〜七八五）なども同様だ。

日本人の伝統的な信仰心には、偉大な業績や奇跡を遺した人を〈神〉として祀る意識が強いということだ。神道では、普通の人でも死ねば〝神《かむ》上がる〟と呼ぶ。キリスト教やイスラム教などの一神教に対して、多神教ならではの特徴と言えるだろう。

さすれば一句は、〝私も死んだら、芭蕉翁の碑の傍らに枯尾花のように眠りたい〟という願いの表明である。事実、蕪村の墓は金福寺芭蕉碑に「辺《ほとり》」している。

墨染の夜のにしきや鉢たゝき　（安永五年）

一つ前の句に関連して、『洛東芭蕉庵再興ノ記』で蕪村は「長嘯《ちょうしょう》（木下長嘯子。一五六九〜一六四九）の古墳に参じては寒夜独行する鉢たたきの僧侶を憐れみ、一句〈長嘯の墓もめぐるか鉢たゝき〉と呻吟した」（筆者訳す）として芭蕉翁を讃えた。

「鉢たゝき」（鉢叩き）も念仏衆の一形態で、平安時代（十世紀）の空也上人（九〇三〜

九七二）が起源とされる。手に鉢や瓢箪を持って打ち鳴らし、念仏や経を唱え、踊りなどして喜捨を乞うて歩いた。その芸能性を磨いて、猿楽（能楽）や猿回し、門付《かどづけ》、説教節などに発展した。鉢叩き自体、地方によっては昭和三十年代頃まで見かけることがあった。蕪村は「氷室守」や「相阿弥」などと同様に、深い親愛の情を寄せている。

句意は、「墨染の衣のような夜に（仏教界の暗黒をよそに）錦の衣のように輝いているよ、それが鉢たゝきの美しさだ」と。「にしき」には、「西」（西方浄土）への思いの強さを掛ける意図もあったかもしれない。つまり、「鉢たゝき」こそ本当の僧侶の有るべき姿じゃないのか、と。

「夜のにしき」の措辞は、〈見る人もなくてちりぬる奥山のもみぢはよるの錦なりけり　紀貫之（古今集・秋歌下）〉から借りたのだろう。これもすでに〈俗語〉の類。

蕪村には「鉢たゝき」の句が多い。知られているだけで十三句ある。類似する季語「寒念仏」ではさらに四句。その数こそ〝宗教とは何か？〟に対する蕪村の答えであろう。つまり、権威を笠に着て良からぬことを企てたり、諸欲を存分に満たそうとするのは宗教人にあるまじき姿であり、「鉢たゝき」のように身分や名利を捨てて、ひたすら念仏行に耽る姿こそ本物である、と。それを仏教では〈三昧境〉と呼び、そのような人を浄土宗では〈妙好人《みょうこうにん》〉と呼ぶ。

これでもう、蕪村の《かみほとけ》観は語り尽くした。あとは「鉢たゝき」の鉢の音の余韻を味わっていただくべく、二つの句を紹介して終えよう。

木のはしの坊主のはしやはちたゝき（明和五年）

西念はもう寝た里を鉢たゝき（安永五年）　※西念＝どこにでもいる凡僧の意

いにしへふみ

七景

七景　いにしへふみ

　ここまでもすでに、和漢・古今の書物の知識や措辞を借りる蕪村の句法は取り上げた。もちろん、その方法は蕪村のオリジナルではない。芭蕉翁も、それ以前と以後の歌人、俳諧師や連歌師たちも、同じように古典（いにしへふみ）に材を取り、あるいは換骨奪胎、あるいは本歌取りといったように踏襲の形を変えながら、そこに自身の創意や工夫、手柄を交えつつ作品とした。

　ものの学びとは、すべからくそういうものであるし、先蹤があって後進が続くのは特に俳諧俳句の分野に限った話ではない。元より「稽古」の語源も、古書を読んで物の道理を明らかにすることである。ただ、蕪村はそのことを極めて確信的に、かつ徹底的に実践した節が見える。いきおい《いにしへふみ》への傾倒と探究心、博覧ぶりには、まさに異彩を放つものがある。句の豊かさや奥深さが、それを実証している。

蕪村は「書問の気」という言葉を用いた。書物を読んで得られる〝気〟である。古来、日本では（中国も）〝気〟を重視した。簡略に言えば、万物を生動させている息吹や魂魄のようなものと喩えられる。神気、剣気、運気、精気などと多様に用いられてきた。書画や詩歌にも、〝気韻〟の有無が問われる。すると「書問の気」とは、書物の記述を記憶にとどめるレベルを超えた、読者の精神や意識にまで達して震動させるほどの強いエネルギーと見ることができる。

蕪村の時代は、古学（国学）が賀茂真淵や本居宣長らによって開花しつつあり、出板（出版）文化も隆盛期を迎えていた。武家や僧侶だけでなく農民、商人の中にも、いわゆる読書階級が増えた。平安末期の歌人・藤原定家が『詠歌大概』に「歌に師匠なし。古きを以て師とす」と記したことも、すでに読書階級の常識として広く理解されていた。

〝文人〟蕪村であれば、その頃では珍しい老眼鏡を掛けてまで読書に明け暮れたのも、書画や俳諧の題材を得る（〝書問の気〟をつかむ）ためだったはず。ここに改めて蕪村が《いにしへふみ》とどう向き合い、どのように名句として昇華させたのかを跡づけてみたい。

〈春〉

うぐひすや賢過たる軒の梅　（明和九年）

〈勅《ちょく》なればいともかしこし鶯の宿はと問はばいかが答へん（『拾遺集』）〉の俳諧化である。〈鶯宿梅の故事〉としてよく知られる。曰《いわ》く村上天皇（在位九四六〜九六七）が古今歌人紀貫之の女《むすめ》の庭に咲く紅梅を所望されたところ、女は右の一首を詠んで移植を免ぜられた。歌意は〈勅命とあれば誠に忝《かたじけな》いことですが、我が庭に来る鶯が「あの紅梅の宿はどこ？」と問うたなら、なんと答えればよいのでしょうか〉。

蕪村は、鶯と梅を逆転させて趣向とした。むしろ「賢過」ぎたのは「軒の梅」の方で、鶯が来るころを見計らって咲いているよ、と。当時の俳諧の教科書的な詠法で、蕪村としては俳諧宗匠の立場上、時折は示しておくべき句体であった。

和歌には、〈本歌取り〉という定法がある。古歌から語法を借りるものと趣向をまねるものがあるが、和歌の上では後者が真の本歌取りとされる。俳諧とは本来〝洒落〟を意味するので、どちらでもかまわない。その自由さこそが俳諧隆盛の一因であった。

蕪村の生きた時代は、和歌が堂上流によって辛うじて永らえているのに対し、俳諧は芭蕉翁が世に現れたお陰で相対的に勢いを増した。翁没後すでに百年近く経つが、〝上侯伯（大名・貴族）より下漁樵（漁師・木樵《きこり》）まで（蕪村の文章より）〞俳諧に親しむようになった。読み書きができるほどの人には、コミュニケーションの便法だった。その基本的なテキストとして、和歌集もよく読まれた。したがって、当時の一般的な教養人がこの句を読めば〝あれだな〞と、すぐにピンと来たはずである。

和歌に蓄積された言語の文化は、豊かな遺産として江戸時代人を潤した。その恩恵にただ浴するだけでなく、〈俳諧〉という新たな軽乗用車に乗り換えさせ、そのメカニズムを後世へ伝えようとの使命感が、蕪村をも強く突き動かしていた。

青柳や我大君の艸か木か　（明和九年）

禁城春色暁蒼々

句意は、〈青々とした柳の葉が揺らいでいる。その生き生きした様は、わが大君の栄光を映すものに違いないが、私には草なのか木なのかわからないものだ〉と。

俳諧・俳句の源流は和歌、と言って差し支えない。その和歌には、大きく〝ますらをぶり〞の〈万葉調〉と〝たおやめぶり〞の〈古今調〉があると分類される。国文学界の習わしなので、ひとまずそれを受け入れて考える。

蕪村も「万葉のぬめり」などと言って、双方の歌いぶりの相違には一定の理解を持っていたようだ。しかし、〝ますらをぶり〟と〝たおやめぶり〟を最初に言ったのは国学者賀茂真淵《かものまぶち》（一六九七〜一七六九）で、蕪村の約二十年先輩に過ぎない。つまり、学説としては蕪村にとっても「最近流行の新説」だったかもしれない。

一句は、どちらかと言えば万葉調である。「我大君《わがおおきみ》」は天皇の頌詞として、宮廷歌人柿本人麻呂などもよく用いた。

吉野宮に幸《みゆき》しし時、柿本朝臣人麻呂の作れる歌

やすみししわが大君の聞《きこ》しめす天の下に国はしも…（以下略）

軽皇子《かるのみこ》の安騎野に宿りましし時、柿本朝臣人麻呂の作れる歌

やすみししわが大君高照らす日の皇子神ながら神さびせすと…（以下略）

しかし、その一方で『太平記』掲載の歌〈草も木もわが大君の国なればいづくか鬼のすみかなるべき　紀朝雄〉や謡曲『御裳濯《みもすそ》』の〈草も木も我が大君の国なればいづくも同じ神と君〉などから孫引きした形跡もあり、出典探しの虚しさを感じる。

蕪村は気に入った措辞を細大漏らさず、巧拙は抜きにしてまず句に仕立てた。後日、推敲や手直しをすればよいという考えからだろう。そうして読者に出典を推察させて学ばせるのである。俳諧の爛熟は、とかくして進んだ。「我大君の草や木」の表現も、人々の常套句あるいは俗語として世に定着して行ったのだろう。

詞書は賈至《かし》（唐の詩人）の詩から。和漢語の融合も、蕪村が取り組んだ主題の一つ。

阿古久曾のさしぬきふるふ落花哉　（天明二年）

「阿古久曾《あこくそ》」は、古今集撰者で歌人の紀貫之（八七二〜九四五）の幼名である。吾子糞《あこ》（我が糞っ子）を当て字にしたと思われる。当時、子どもに降り掛かる諸々の魔を除くために「糞」「鬼」「虫」など、尾籠で下等な事物を幼名に取り入れるのは貴族一般に行われていた。陰陽道の呪法の一例かと思われる。京御所内の仙洞御所には、貫之邸跡として阿古久曾の池が残っている。

一句は幼い貫之が茶目っ気を見せて、「さしぬき（指貫＝裾紐付きの袴）」の中に桜の花びらを掻き集め、それをばらまいて見せたという景だ。家人がどっと沸く様子まで、生き生きと浮かび上がってくる。指貫の外に付いたのを払ったとする解釈もあるが、それならば「さしぬきはらふ」とするだろう。それに花びらの量にもおのずと限界がある。「ふるふ」のは、屋根か木の上にでも上がって「落花」をはらはらとそれらしく見せたという風に解するべきだ。そうでなければ、貫之らしくない。

「阿古久曾」の句は、芭蕉翁にもある。

あこくその心もしらず梅の花　　芭蕉

言うまでもなく貫之の次の名歌を下敷きにしている。

人はいさこころもしらず故郷ははなぞむかしのかに匂ひける

翁の句はいささか理に落ちるが、蕪村はそこから一歩進めて実景風に仕立てた。それまで「花」と言えば「梅」だった和歌の常識が、「桜」へと変遷してゆく歴史もそれとなく伝える。そこに蕪村の手柄がある。貫之の次の二首を俤《おもかげ》にしているかもしれない。

わが宿の物なりながら桜花散るをばえこそとどめざりけれ

花の香にころもはふかくなりにけり木の下かげの風のまにまに

ちなみに、貫之は『古今和歌集仮名序』に「やまと歌は、人の心を種として、よろづの言の葉とぞなれりける」と書いた。その考えは、蕪村にも継承されている。「古今の巧拙、只ことの葉にあるのみ。人情はなんぞたがはむ（何も変わらない）」と主張した（『俳諧論』宝暦六年＝蕪村四十歳）。

また、蕪村の時代までに、貫之は人麻呂、定家と共に和歌三神として評価が定まっていた。「歌のさまを知り、こと（言葉）の心を得たらん人は、……いにしへを仰ぎて今を恋ひざらめかも（恋しがらずにいられようか）」の一節は、蕪村の胸にも深く銘記されていたはずである。

陽炎や烏帽子に曇る浅間山　（安永五年）

歌枕としての「浅間山」は『伊勢物語』の〈信濃なる浅間の嶽に立つ煙をちこち人の見やはとがめぬ〉で頂上が極められたようだ。

蕪村は、「浅間山」と「煙」「雲」のイメージをいくつも句に詠んでいる。この句では「烏帽子」を在原業平（八二五〜八八〇）になぞらえ、その望郷の念を偲んだ。時代はすでに、「浅間山」と言えば業平を連想するまでに成熟していたのである。

業平の歌に想を得た『伊勢物語』は、国文学の中では〈歌物語〉と呼ばれる。世界で最初の長編小説『源氏物語』よりも成立が古く、多くの歌物語に影響を及ぼした。歌物語は、和歌の伝統と遺産を踏まえた派生のジャンルと呼ぶべきだが、その意味では和歌の影響を受けなかった文芸など、この国には存在しない。

『伊勢』に限って言えば、歌に詠まれた土地に業平がすべて赴いたわけではない。他の歌人の詠み歌と同じく、歌枕から想像で詠んだ歌も多いだろう。それでも、「浅間山」は実景のイメージとして受け入れられていた。

蕪村の時代までに、国文学の研究はよほど進展した。江戸初期にまず学僧契沖《けいちゅう》（一六四〇〜一七〇一）が出て、万葉集や歌物語（源氏、伊勢など）の解説で成果を上げた。次に、荻生徂徠《おぎうそらい》（一六六六〜一七二八）や賀茂真淵を始めとする古学の学統が形成される。真淵の弟子に当たる本居宣長（一七三〇〜一八〇一）が『古事記伝』に着手していて、古学をさらに発展成熟させるという時代相だ。宣長は蕪村より十四歳下でしかなく、〝同時代人〟として括ることができる。

ここに、古学者（国学者）個々の業績を縷々述べるいとまもないが、蕪村はそれらの学問的な成果や熱気を感じ取り、自身の諷詠にも一段と格調を求めたようだ。

『伊勢物語』から材を取った句には、以下のようなものもある。

ひへ鳥を廿《はた》チかさねて雲雀哉（明和七年・春）

むし啼《なく》や河内通ひの小でうちん（小提灯）（安永六年・秋）

〈夏〉

詠物の詩を口ずさむ牡丹哉（安永六年）

〈唐土《もろこし》伝来の「牡丹」が、それらしく「詠物《えいぶつ》の詩」を口ずさんでいるよ〉の句意。

「詠物の詩」とは、動植物や自然の景物を題として詠む漢詩のこと。ほかに〈詠史〉

〈羈旅《きりょ》〉などの部がある。概ね中国周代（前一〇四六年頃〜前二五六年）の『詩経』が詩の分野に先鞭を付けた。後年、特に唐代には李白、杜甫、白居易などが輩出し、漢詩は豊饒の時代を迎える。

蕪村は、漢詩や漢籍に多くの想を得た。南画家として素養を深める意味もあっただろうが、作句にも盛んに取り入れている。それは蕪村に限ったことではなく、元をたどれば漢字から仮名を生み、漢詩に対して和歌（やまとうた）の形式を整えていった『万葉集』（成立・天平宝字三年＝七五九）から『古今和歌集』（同・延喜十四年＝九一四）の時代にまでさかのぼる。漢風《から》（唐風とも）の文化をどこまで受容し、どれを独自のものとして保持すべきかは、歴代の文化人に共通の課題だった。

蕪村は一時期、江戸で儒者・漢詩人・画家の先達である服部南郭《はっとりなんかく》（一六八三〜一七五九）の門に学んだ。何を学んだか正確にはわからないが、漢詩と画法あたりかと推測できる。《かそけききは》の景・冬の句で取り上げた〈古傘の婆娑《ばさ》と月夜のしぐれ哉（明和八年頃）〉は、南郭の教えを取り入れて詠んだものだ（書簡集に載る）。句は若干異なる）。ことほどさように漢学の素養は、絵師で俳諧師蕪村の芸術に品格をもたらす必須のエッセンスであった。

一句の面白さは、「詠物の詩を口ずさむ」のが実は蕪村を始め漢風にかぶれた文化人たちではないか、と思えてくる点にある。「牡丹」を擬人法で描いたところにも、真実の裏に滑稽味がにじむ。もしかしたら、唐土生まれの「牡丹」ほどにも我々は漢詩のこころを理解していないのではないか、という自嘲の思いも…。

心太さかしまに銀河三千尺　（安永六年）

李白の詩に「飛流直下三千尺　疑是銀河落九天」（『望廬山瀑布《ぼうろさんばくふ》』）とある。読み下し文にすると「飛流直下《ひりゆうちよつか》三千尺、疑《うたご》うらくは是《これ》銀河の九天《きゆうてん》より落つるかと」。これも「口ずさむ」だに心地よい。落語家の立川談志（一九三六〜二〇一一）が、中国の大きさを伝えるときに諳んじてみせたのが懐かしい。江戸時代でも少し教養があればよく口ずさみ、気宇壮大な精神を養ったのだろう（まさに「心太」くする）。

日本語の歴史を顧みれば、漢詩・漢文の影響は決して小さくない。特に平安時代、役人たちは漢文で公的な文書を作った。学問の神様とされる菅原道真（八四五〜九〇三）は、漢語を自在に操り、漢詩も巧みに詠んだ。江戸時代でも武士階級には漢語・漢学が尊ばれ、やはり教養のバロメータとされた。読み下し文は、なんとなく武張った印象を与え、おのずと志操堅固な人士を養成するのに適している。

ところが、蕪村にかかると漢詩の大袈裟な措辞も俳諧化の材料にすぎない。何か権威付けのために用いる言葉や勿体らしさは、傍目にもおちょくりたくなるもの。そこで、

「心太《ところてん》」との極端とも言える〈配合〉と〈対比〉〈見立て〉がいっそう面白みを増す。俳諧味とは、こういう味わいなのだと理解できる好テキストである。

本居宣長は「もろこしの書籍《ふみ》は、そのうはべをつくろひ飾りて努めたる所をもはら（専ら）書きて、実の情を書ける事はいとおろそか也」と言っている。要するに「文飾を過剰にして、真実、実体を書くのをおろそかにしている」というのだ。それが宣長の言う〈漢意＝からごころ〉である。「銀河三千尺」も「白髪三千丈」「万緑叢中紅一点」もみなその類か。

しかし、それが詩なのだと強弁されれば、〝それもそうか〟と矛を収めざるを得ない。逆に、権威めかしたものを転がして遊ぶ融通無碍《ゆうずうむげ》ぶりが〈やまとごころ〉とも言える。

朝比奈が曾我を訪ふ日や初がつを　（安永六年）

蕪村の読書遍歴を系統立てて述べたいと望むが、和漢、古今、雅俗、ジャンルなどの別なく手当たりしだいに読んだと見えて、それがかえって天衣無縫な作句や俳画の味わいに良好な照りを添えたのではないかとも感じられる。

一句は『曾我物語』に取材したもの。国文学のジャンルでは軍記物語に属するが、〈歌物語〉の趣もある。もっとも蕪村の時代にそんな分類は存在せず、単に〈物語〉と呼ばれたのだろう。個人が黙読するよりも、それを本（テキスト）として〝読んで聞かせる〟文学である。講釈師（太平記読み）のネタ本『太平記』も同類。

「朝比奈」は、源頼朝（一一四七〜一一九九）の出兵に加勢して功名を上げた和田義盛（一一四七〜一二一三）の第三子、三郎義秀（一一七六?〜一二一三?）のこと。物語では、曾我十郎五郎兄弟が仇敵工藤祐経を討ち果たす当夜、「雑掌《ざつしょう》」の役目にあって厨房を取りしきり、兄弟の膳を調える。その際、「父から酒の無理強いはするなと言われている」と、暗に仇討ちの成功を願う。

蕪村はあたかも、その後日談の様相で一句に仕立てた。朝比奈が、大願成就を祝して「初がつを」で存分に美酒を酌み交そうという景である。鰹は「勝男」を暗示しているのだろう。ところで、『徒然草　百十九段』に「鎌倉の海に、鰹と言ふ魚は、かの境ひには、さうなきもの（「高級食材」の意味）にて、この比《ごろ》もてなすなり」とある。蕪村は、この件《くだり》も踏まえているはず。つまり、小田原の郡部に当たる曾我生まれの兄弟は、おそらく鰹を知らないだろうから、ますます〝祝いにふさわしい〟となる。彼らにとってもまさに「初がつを」ではないか、と想像させる。

蕪村俳諧の作法がよく表れている。《いにしへふみ》の諸知識を複合的に配合するのである。あるいは、その巧妙な仕掛けや経糸緯糸の張り様とも言えようか。

蕪村は他にも『曾我物語』に取材した句を詠んでいるが、やはり作中から〈俗語〉を得るよりは、景を借りて芝居仕立てにしたものが多い。その辺りは、物語を画題として描いた〈絵巻物〉の手法にも近い。

鞘《さや》走る友切丸やほとゝぎす（明和六年・夏）

射干《ともし》して囁く近江やわたかな（安永六年・夏）

これらも、『曾我物語』の場面と対応させながら味わっていただくのがよい。

月に遠くおぼゆる藤の色香哉　（安永九年）

『源氏物語　若菜の巻下』に「月やうやうさし上るままに花の色香ももてはやされて、いと心にくきさまなり」とある。その一文と蕪村句との懸隔は、あるいは類想の度合は、どれほど親しくまた疎い（遠い）か。俳諧では、その親疎が問われる。

原文の「花」は、「梅」と考えてよい。「月」の光が射して、「色香」が際立った描写である。逆に一句は、「藤」の花の淡く消え入りそうな「色香」を配して、「月」にも照り映えない〈あはれ〉を表現した。そこに、主人公源氏の君と蕪村に共通する〝老い〟の相が浮かび上がってくる。また、作者紫式部（九七八？～一〇一六）の女房名が初め〝藤式部〟とされたことにもゆかりがあるかもしれない。

蕪村の時代、『源氏物語』はすでに古典文学の最高峰であった。その影響力は和歌や文芸にとどまらず、美術、芸能などにまで広く及んだ。俳諧題として『源氏』の一文やエピソードを借りるのも、もう種が尽きるほどに行われた。

『源氏』から百年以上後の時代に生きた歌人の藤原俊成（定家の父。一一一四〜一二〇四）は、『六百番歌合』の判詞で「源氏物語をみざらん歌よみは無下の事（論外）なり」と述べ、その上で〈恋せずば人は心もなからまし物の哀れもこれよりぞしる〉と詠んだ。それほど、歌人にとっては〈物の哀れ〉（＝和歌の情趣）を知る格好の手本が、実際の恋と、恋のテキストとも言える『源氏』だったのである。

しかし、蕪村の『源氏』に対する関心はそれほど強く感じられない。少なくとも光源氏に共感を覚えているようには見えない。〈雛の燈にいぬきが袂かゝるなり（安永八年頃）〉は『若紫の巻』に登場する愛すべき童女がモデルだし、二景《かそけききは》春に取り上げた〈梅がゝやひそかにおもき裘《かわごろも》〉は醜女の末摘花を思わせる。それだけで傍証にはできないが、《いにしへふみ》に取材しても中心よりも周縁、すなわち《かそけききは》を見る眼差しに蕪村らしさが感じられる。

ただ、明らかに貴公子の立場から詠んだ〈捨て扇…〉の句もあり、蕪村研究者は一様に〝王朝文学風〟の趣向として蕪村句の一形式と見なしている。それでもなお、蕪村の〝物の哀れ〟への傾斜は歴代の俳諧師の中でも芭蕉翁に匹敵する。

本居宣長は『源氏』の研究書『紫文要領』の中で、「物の哀れを知らさむための物語」と何度も述べている。この説は、当時まだ十分に受け入れられていなかったのだが、蕪村も宣長と同感であったように思われる。だが、〃どこに物の哀れを感じるか〃に関しては異なり、蕪村はその点でも比類なく〈自在〉であった。

〈秋〉

徹書記のゆかりの宿や玉祭　（明和五年）

「徹書記」とは、京都東福寺の書記を勤めた室町時代随一の歌僧正徹《しょうてつ》（一三八一〜一四五〇）のこと。現代にも歌書『正徹物語』が伝わる。藤原定家と新古今集を範として推賞し、和歌の余興に過ぎなかった連歌を発展させた。蕪村の時代に大きな影響を及ぼしたのは、『徒然草』の作者吉田兼好（?〜一三五〇）を優れた歌人として再評価したことだろう。和歌、国文学の大恩人と呼ぶべきか。

一句は、その徹書記が勅勘（天皇のとがめ）を受けて配所に流され〈なかなかに亡き魂ならば古里に帰らむものを今日の夕暮れ〉と詠んで、天皇の赦《ゆる》しを得た逸話（『百物語』）

に基づく。「ゆかりの宿」とは、配所の宿のことだろう。

蕪村も『正徹物語』を読んだと思える。歌道の手引書は、俳諧の参考書としても有効だったはずだから。

藤原定家が、歌将軍と呼ばれた源実朝公（一一九二〜一二一九）に「万葉の古風はさしおき候へ（お控えなされ）」とアドバイスした話は、蕪村が「万葉のぬめり」を嫌うことを思わせるるし、蕪村が好んで使う「○○がほ（顔・皃）」の表現について解説した箇所もある。四景《をちこちところどころ》夏の冒頭に掲げた〈ほとゝぎす平安城を筋違に〉は、二九章の「郭公《ほととぎす》稀ナリといふ題にて、或人一声をよみ侍りしかば…」の題詠を採用したのではないかと思える。

こんなふうに、句のインスピレーションを得る資として「徹書記」の遺訓を鑑としたようだ。なればこそ「玉祭」が真実味を増す。しかも、その「玉祭」は床の間に何か「ゆかり」の軸でも飾り、連歌の座の形式に則ったはず。それは、前景の《かみほとけ》でみた蕪村の信仰心からも容易に察せられる。

さらに歌道の系譜からいえば、正徹の〈定家風継承〉をさらに明確にしたのは連歌師の宗祇で、後で述べるが〈俳諧の連歌〉へと続く一筋の道に貞徳、芭蕉らが現れる。蕪村はその系譜を尊重し、それに連なってゆくという自覚と使命感を持っていた。

書画の一形式に〈讃〉というのがある。蕪村は画に添える画讃をよくしたが、仏徳を讃える「和讃」になぞらえて、私淑する先人を讃える句も数多く残した。

明かゝる踊も秋のあはれかな　（安永三年頃）

前句の「徹書記」が高く評価した吉田兼好は、鎌倉期の和歌四天王に数えられている。随筆『徒然草』の名文は、兼好の歌の素養から生まれたものと言ってよい。

蕪村は、『徒然草』から幾つもの句想を得た。措辞だけでなく、エピソードも借りている。この句は、〈もののあはれ〉の中で特に無常感を主題にして俳諧化した。『百三十七段』（「花は盛りに、月は隈なきをのみ、見るものかは」で始まる有名な段）の中に「…目の前にさびしげになりゆくこそ、世の例も思ひ知られて、あはれなれ」とある。蕪村は、「目の前にさびしげ」になる「踊」の終わりに「あはれ」を見出した。

「あはれ」は、現代語では専ら憐憫の情に用いるが、古代には情動全般に用いられた。その発音も〝あふぁーれ〟という風に、胸底から息吹と共に吐き出されたらしい。感情が、そのまま言の葉に結ばれたものと言えるだろう。

日本の伝統的美意識とも言うべき〈もののあはれ＝物の哀れ〉は、蕪村より少し若い古学者の本居宣長が『源氏物語』を基に克明に解説した。「…むかしの事を今の事にひきあてなぞらへて、昔の事の物の哀れをも思ひしり、又おのがうへをも（己が身の上をも）、昔にくらべみて、今の物の哀れをもしり、うさをもなぐさめ心をもはらす…」（『紫文要領』、傍線は筆者）と書いている。「うさをもなぐさめ心をもはらす」ことを現代ではカタルシス（詩的浄化）と呼ぶが、蕪村の『徒然草』由来句はほとんどがそれに徹しているようだ。

　春やむかし頭巾の下の鼎疵《かなえきず》（明和八年・春）

有名な〝仁和寺の法師〟の話から（五十三段）。かの法師、座興で「鼎」を頭に被り、喝采を受けたまではよかったが、抜けなくなって後々まで残る「疵」を負った。

　庵の月主を問へば芋掘に（安永七年以降・秋）

『六十段』盛親僧都の「芋頭」好きの話に取材。「月」に供えるのか、自分で食べるのかわからないところに滑稽味があふれる。

　ひら仮名に書《かか》れぬ角や鹿の恋（明和七年頃・秋）※他に類想句三句あり

『六十二段』掲載の歌〈二つ文字、牛の角文字、直ぐな文字、曲り文字とぞ我は思ほゆ〉で、「こいしく」を暗示した話。…などなど、枚挙にいとまなし。

鳥羽殿へ五六騎いそぐ野分哉　（明和五年）

名句である。「鳥羽殿」とは白河上皇（一〇五二～一一二九）が京都鳥羽に造営し、後に代々上皇に伝領された離宮のこと。ここでの「鳥羽殿」は、後白河上皇（一一二七～一一九二）の蟄居《ちっきょ》（軟禁）を暗示する。

「五六騎」は源氏の騎馬武者であろう。平家討伐に向けて風雲急を告げるといった緊張感あふれる一シーンで、『平家物語』に取材したと考えられる。どの場面と特定するのは難しいが、全編これ戦闘の修羅場といった物語の趣で、何か象徴的に切り取った一句のような印象を受ける。絵にも描きたかったかもしれないが、南画のテーマにはふさわしくないので俳諧に仕立てたか。句中、濁音の多さが胸を騒がす。「野分」がむしろ爽やかですらある。

後白河上皇が「平家追討」の院宣を発し、いよいよ源平の激しい合戦に突入しようとする争乱期、歌人藤原定家（一一六二～一二四一）は「紅旗征戎《こうきせいじゅう》吾が事に非ず」と貴族らしい中立隠遁の立場を取った。それはまたそれで別趣の時代相を伝えるが、蕪村は「野分」に乱世の相を集約させた。日本人には、天災も戦災も同じ災厄だという認識がある。定家の偉大さは、戦乱の中でも自己の使命（和歌の家系と遺産を守る）を揺るがせにしなかった強い信念に表れている。

初五で「鳥羽殿へ」と詠み出されれば、『平家物語』の絵巻物の世界から飛び出して、政治的機関としての「鳥羽殿」が認識される。歴史学者の網野善彦氏によると「院や朝廷の所領管理の一拠点」という機能を持つ。蕪村はそういう〈歴史認識〉を持っていたかどうか定かではない。だが、それも含めて想像力を働かせるのは、後世の私たちの自由に委ねられている。併せて『平家物語』『曾我物語』などの軍記物がよく読まれた江戸の世の息吹を感じたい。

小林秀雄氏（一九〇二〜一九八三）によると、日本文学史上〈和漢混淆文〉の嚆矢《こうし》は『平家物語』だという。蕪村がそれを知っていたかどうかはさて、同じ和漢混淆体で詠む俳諧にふさわしい、刺激的なインスピレーションを得る縁《よすが》であったことは疑いようがない。

美人泣浅茅が宿やしかの声　（安永七年以降）

「浅茅《あさぢ》が宿」は親交の深かった上田秋成（俳号は無腸。一七三四〜一八〇九）の名作『雨月物語』中の傑作だが、それへの讃辞として詠んだかと思われる。この数年後（天明三年）、蕪村逝去の折には、秋成が追悼句〈かな書の詩人西せり東風《こち》吹けば〉と詠んで旧恩に報いた。

蕪村は秋成を「蟹《かに》先生」「加島（蚊島）の法師」などと親愛の情たっぷりに呼んだ。「浅茅が宿（茅《ちがや》が生え放題のあばら家）」は、貧乏に驚かない秋成への讃辞でもあったのだろう。「美人泣《なく》」声に「しかの声」が呼応した景はまた、二人の交流ぶりを詠み込んだとも思える。「美人」は本来、漢意で「偉人」「徳者」など立派な人物に用いられた。つまり徳者・秋成の嘆きに「しかの声」が応じた、と解せる。「鹿」を仮名書きにしたのは、「然《しか》」（その通り、あなたは正しい）と伝える配慮かと思える。

安永五年刊の『雨月物語』は《いにしへふみ》とは言えないが、白話小説という新ジャンルを切り開いた秋成の古典の教養は蕪村に勝るとも劣らない。古学者の加藤宇万伎《うまき》（一七二一〜一七七七）に教えを請い、『源氏物語』や中国の白話の影響も受けている。当時、日本の古典を学び直す古学（後に国学と呼ばれる）が流行し、一種の文芸復興ムードが高まっていた。

伊勢松坂の本居宣長が『古事記伝全四十四巻』を書き終えるのは、約二十年後の寛政一〇年（一七九八）のこと。その宣長と秋成は仮名遣いや古事記の解釈をめぐって往復書簡で激しく論争した。学者個々が真理を追究する意欲も、高い熱量で沸騰していた証である。

その潮流には、蕪村も無関心ではいられなかったはず。だが、命数が残り少ない。いわば門外漢としての自覚が、「しかの声」の寂しさに表れる。

秋成には俳句の切字「や」「かな」を考察した『也哉鈔《やかなしょう》』という著書もある（安永三年刊）。蕪村は弟子の几董を通じ、その序文（秋成への賛辞）を依頼されて書いた。

…もとより俳諧をたしなみて梅翁（西山宗因＝談林派の総帥。一六〇五〜一六八二）を慕ふといへども芭蕉をなみせず（軽んぜず）、おのれがこころの適《ゆく》ところに随《したが》ひてよき事をよしとす、まことに奇異のくせものなり、…（中略）…其《その》説数條おのおの古き書によらざるなく、たま〳〵さとしやすからんことをおもひて、みづからの論を加ふといへども、つ

ゆも古人ののりにもとらず、（少しも古人の教えに反せず）臆説といふべからず…（一部抜粋、以下略）

「古き書」への真摯な態度は同時代の知識人に共通のもので、それにより知の内向性と精密さを深めていった。

〈冬〉

みのむしのぶらと世にふる時雨哉　（明和八年）

連歌を大成させた宗祇（飯尾氏？。一四二一〜一五〇二）に〈世にふるもさらに時雨の宿りかな〉の一句があり、また芭蕉翁に〈世にふるもさらに宗祇の宿りかな〉がある。それらを本歌と定めて、蕪村は敬愛する先人たちへの応答とした。「ふる」は、「降る」「経る（古）」を掛ける。

宗祇、芭蕉は漂泊の詩人で、その旅姿を評して「蓑笠《みのかさ》の徒」とも呼ばれた。そこで自身を蓑笠の徒には及ばない「みのむし」程度と謙遜したのである。表向きは軽快に詠んでいるが、極めて重厚な暗示的仕掛けが施されている。

まず連歌から俳諧に推移する国文学の歴史を遠望しなければならない。宗祇が生きたのは、戦国の世が始まる応仁の乱（一四六七〜七七年）前後である。歌（詩）が世に寄り添うものとすれば、宗祇が発展させた連歌も乱世の気分を反映していると見なされる。〈座の文芸〉とも呼ばれる連歌だが、面白いことに戦国時代が終わると同時に、新しいスタイル（俳諧の連歌）へとバトンを渡している。

三者とも「世にふる」の措辞を用いたのが興味深い。当然ながら、それぞれの「世」は異なる。宗祇の「世」は乱世であり、「時雨」から藤原定家（嵯峨野の時雨亭に住した）への意識も垣間見える。なんとなれば、宗祇は「（定家の）百人一首を本とすべき」とし、〈古今伝授〉という和歌伝統の作法を継承したからだ。ちなみに連歌は、下の七七を課題として提示し、先の五七五を作る〈前句付け〉として発展した。

芭蕉の「世」は和歌から連歌、俳諧へと変遷した詩歌隆盛の世を指す。自身も「宗祇」の足跡を追って「さらに宿り（旅を栖にして）」を続けているとした。「さらに」から、和歌の俳諧化（俳諧の連歌＝洒落の利いた連歌）を深める意志も汲み取れる。

蕪村は二人の先達に私淑しつつも、定住・籠居する（「みのむし」の）生活を選んだ。「ぶらと」には、居ながらにして動く精神の漂泊者という意味合いがあるのかもしれない。いずれにせよ、蕪村の「世」は「三世《さんぜ》（過去・現在・未来）」が意識されていて重い。俳諧宗匠として立った直後の句でもあり、好むと好まざるとによらず国文学史に連なる蕪村の覚悟と気負いが感じ取れる。

道のべの柳はのけて冬木立　（明和五年頃）

〈さらに宗祇の連歌かな〉と洒落て、話を続ける。

西行の名歌〈道の辺に清水流るる柳陰しばしとてこそ立ち止まりつれ〉（新古今集）を面影にしていることは明らか。それはすなわち、歌枕・那須芦野の遊行柳を意識させる一句でもある。

俳諧は、遊行柳にまつわる伝承を受容し、新たな展開を探ることによって成立する。「柳はのけて」と言ったところに、俳諧師蕪村からの敬意（オマージュ）と創意が込められている。〝道のべの柳だけは、冬木立から孤立している〟という景である。また、今や柳陰に「立ち止まる」のは「冬木立」だけという洒落も含む。

『方丈記』で知られる鴨長明（一一五五〜一二一六）は平安末から鎌倉初期を代表する歌人で歌書『無名抄』を著しているが、そこに「桜は尋ぬれど、柳は尋ねず」という詠歌の基本が出ている。すると西行以降の歌人も連歌師も俳諧師もみな、「柳を尋ねる」禁忌を犯したことになる。蕪村は、それを知ってか知らずか、一句で「柳はのけて」と言った。歌道の「道のべ」を意識したと考えるのは少しうがち過ぎだろうか。何しろ相手が〈古今伝授〉の切紙を受けた〈花の下宗匠＝連歌の最高位〉宗祇のことゆえ、そこまで深読みする甲斐はある。

　蕪村も寛保三年（一七四三＝蕪村二八歳頃）、遊行柳を訪れて〈柳散清水涸石処々〉（四景《をちこちとところどころ》で解説）と詠んだ。俳諧修行者の常として、自身の行跡を残したいと考えたはず。詠み継ぐとは、そういうことである。

　宗祇は晩年、那須芦野を訪ねた折に法橋《ほっきょう》の位（僧侶では法眼《ほうげん》に次ぐ高位）にあった猪苗代兼載《いなわしろけんざい》（一四五二～一五一〇）とその庵で会い、連歌を交換し合った。兼載は、宗祇の後を継いで二世の〈花の下宗匠〉となったほどの連歌の達人である。

　かきならす灰は海路の塩に似て　宗祇
　　いろりは海かおきのみえける　兼載

囲炉裏の灰を海の「塩（潮）」に見立てた宗祇に返して、兼載が「おき（沖と熾火《おきび》を掛ける）」と洒落た。両者の呼吸に、初期俳諧の輪郭が浮かび上がってくる。

　こうなると、和歌から連歌、俳諧と続く日本の文芸が、時空を超えたネットワークのように見えてくる。いわば〝言葉遊びのネットワーク〟である。

長頭丸の風調に倣ふ

よい種を摩訶迦羅天より玉あられ　（天明二年頃）

詞書の「長頭丸《ちょうずまる》」とは、貞門俳諧の総帥・松永貞徳（一五七一～一六五四）晩年の号である。還暦を過ぎて、子どもにもどる気持ちで幼名風に付けた。〝手水（手洗）まる（排泄する）〟の聞こえが尾籠な印象を醸すあたり、紀貫之の幼名「阿古久曽《あこくそ》」にも匹敵する。その風趣は洒落《しゃらく》を追求した俳諧宗匠の名に恥じない。

一句では「種を蒔く」を「摩訶迦羅天《まかからてん》（大黒天）」に掛けている。貞徳が仏教を基本に児童を教育しようとした事実だけでなく、大黒様に似た肖像画からの見立てもあるのかもしれない。

貞徳が俳諧史に残した足跡は小さくない。俳諧の教則本『新増犬筑波集』を著して、俳諧における〈去嫌《さりきらい》＝タブー〉を定めた。芭蕉や蕪村も、彼の規範に則って学んでいる。規範を作るのは生半なことではなく、当時、歌道の免許皆伝とされた〈古今伝授〉を細川幽斎（一五三四～一六一〇）から受け、誰の眼にも歌道随一の人物であると認定された上での功績であった。泰平の世となった江戸初期に活躍し、やがて芭蕉の師となる北村季吟（一六二四～一七〇五）ら多数の弟子を持つ。

貞徳の自伝『戴恩記《たいおんき》』には「歌ほどちからのつよき物はなし」とあり、和歌による魂の〝やはらぎ〟が説かれている。また人麻呂、貫之、定家を〝和歌三尊（三神とも）〟とする神格化も、「徹書記」にならって貞徳はさらに推進した。

しかし、その「風調」は、今日〝言葉遊び〟と軽視されるダジャレや語呂合わせに満ちていて、まさに〝言霊の幸《さきわ》ふ国〟の風流人の面目躍如。たとえば〈花入《はないれ》の口よりはくや玉つばき〉などは、「口」「吐く」「唾《つばき》」に取り合わせの妙がある。蕪村の句〈閻王《えんおう》の吐かんとするや紅ぼたん〉は、貞徳風を継ぎながら得意の絵画的描法を加えた。つまり蕪村には、貞徳の句が着想や語法の「よい種」でもあったはず。

そういう視点で改めて一句を見直すと、「玉あられ」は「魂」の「あられ（現れ）」を印象づけるし、「天より」には名家との交際が多かったにも関わらず、上つ方よりも下々と接することを第一とした貞徳への讃辞が込められているように思える。それゆえ「よい種」も、さらに広範囲に掛かるものとして再認識される。

貞徳の業績をもう一つ述べておこう。百人一首、徒然草などの講義で、江戸初期の「和学」を林羅山（一五八三〜一六五七）と共に方向付けたことだ。羅山が幕府の庇護下に入ったのに対して、貞徳はあくまで市井にあって学問・教育・俳諧連歌の発展に寄与した点で、蕪村は敬慕の念と共に親近感を強く抱いたに違いない。

易水に葱流るゝ寒哉（明和六年頃）

「易水《えきすい》」は中国河北省易県付近に発し、大清河に合流する河。『史記』『戦国策』の伝えるところでは、秦の始皇帝（?〜前二一〇）暗殺を企てる刺客の荊軻《けいか》が、「易水」のほとりで心情を「風蕭々《しょうしょうとして》兮易水寒《さむし》　壮士一去兮不復還《そうしひとたびさってまたかえらず》」と詠じた。暗殺は失敗に終わり、荊軻はあと一歩のところで斬殺される。

「易水寒し」は詩的な情感だが、蕪村の手柄はそこに俳諧題の「葱《ねぶか》」を配合して実景化したところにある。「壮士（荊軻）」の覚悟とは裏腹に、生活感あふれる「葱」が流れてきたことで、かえって俗世間への惜別の情が際立った。そこにいっそうの「寒さ」がある。

前句の貞徳翁が示した俳諧の模範的な詠みぶりでもある。芭蕉翁の『奥の細道』中〈象潟や雨に西施がねぶの花〉にも通じる。「象潟」と傾国の美女「西施」（中国春秋時代の越人）の取り合わせは学者や俳句研究家の好餌となり、今もさまざまに解釈されている。蕪村の句も〝見てきたようなウソ〟と言ってしまえば味気ない。好意的に評すれば、漢詩の世界観に俳諧で斬り込んだものと言える。

また、唐土にも〈歌枕〉の触手を伸ばしたとも言える。歌枕は、かつて都に住む貴人たちが思いを寄せた歴史の舞台であり、やがて必ず一様の情緒をもたらすべき暗号としての機能を加えていった。

未踏の地、見知らぬ地、古人への憧れは、時空を超える。蕪村ならずとも、《いにしへふみ》を繙《ひもと》く喜びはそこにある。その土地、その風俗、そこに生きた人々の息遣いなどを想像し、その果実として句に再現するのである。かくして、古今や東西の間の境界は消え失せる。

談林俳諧（貞徳派の伝統的な方法に対抗して西山宗因が始めた）の末期に、漢詩文句調の浪漫主義的・異国趣味的句体が現れた。「中国詩文もどき」などとも呼ばれるが、漢詩・漢籍からの摂取が無軌道に行われたのである。

蕪村は、そういう時代の残滓（遺産）からも多少の成果を汲み取ろうと努めた。その結果が右の句ということになる。

明治期、正岡子規が進めた俳句復興の活動は、まず蕪村を手本に定める事から始まった。その核心となる形式が〈写生〉だが、すでに観てきたとおり蕪村は写生句を特に追求したわけではない。写生や吟行をしながらも、大いに想像力を発揮して空想の句も数多く詠んだ。

現代の俳人も、子規の俳論を盲信することから脱け出して〈写生〉にとらわれない〝二十一世紀の俳句〟を模索する時期に来ている。

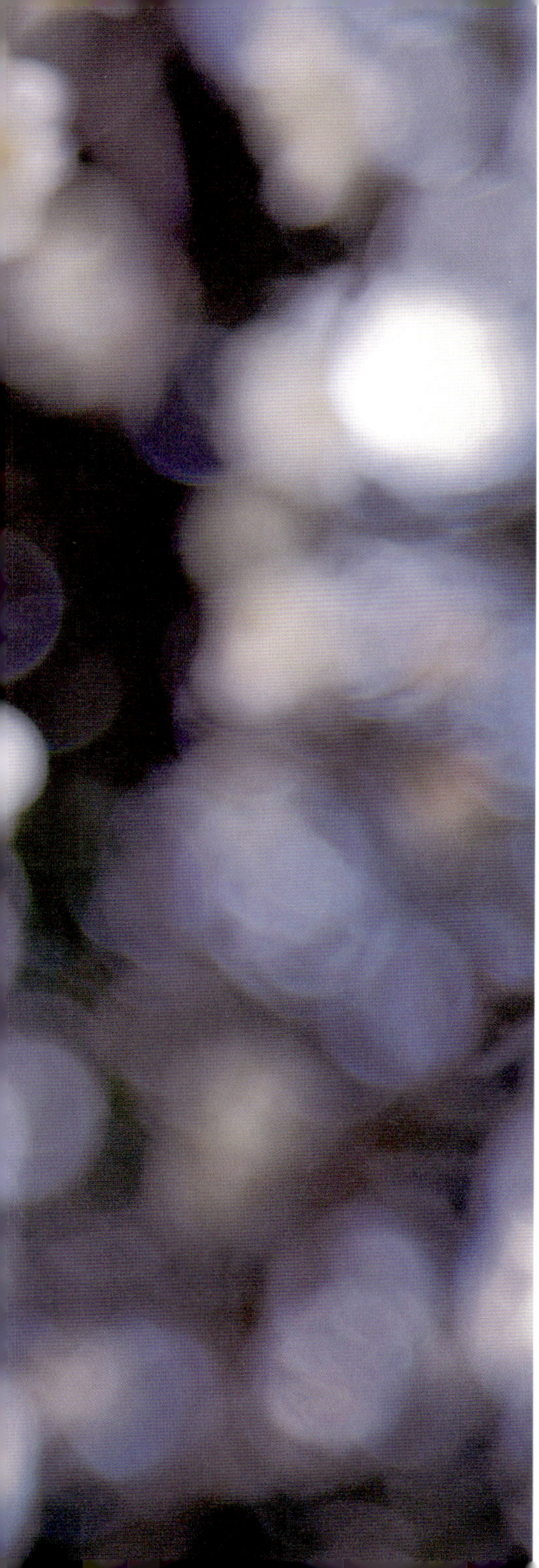

きのふけふあす

八景

八景　きのふけふあす

人はみな、それぞれに寿命という限られた時間を生きている。「人生五十年」と言われた時代からすれば、現代人はよほど長い歳月を生きることができる。それでももっと長く健康に生きたいと願い、飽くほどに不老長寿を求めて心砕く。それとは裏腹に詩は、いつか人生に終止符を打たなければならないと覚悟した時に生まれる。

人の生涯は、春夏秋冬にもたとえられる。若い時代を青春と呼び、「春秋に富む」とも言う。老いれば「髪に霜を置く」などと言って秋から冬を暗示させる。それやこれやが、季語のある俳諧・俳句を情緒纏綿かつ光彩陸離たるものにしているのだろう。

春夏秋冬は、一日のうちにもあるとされた。四時《しじ》という。仏教では、朝昼暮夜を四時に配当する。それらは、時間の推移に情緒（あはれ）を見出そうとする思い、すなわち詩情と考えることができる。また、論語に「旦《あした》（朝）に道を知らば夕べに死すとも可也」とある。時間感覚は、時間哲学へと飛躍していく。

蕪村ほど詩情に富む芸術家であれば、《いのちみこころ》で捉える時間感覚は、実生活よりも《いにしへふみ》によってよほど磨かれたことだろう。さらに寿命に対する意識が強まる老齢の頃には、その感覚がよりいっそう研ぎ澄まされたように思える。

一般的に芸術は、〈空間芸術〉と〈時間芸術〉に分類される。前者に該当するのが絵画や彫刻、建築など。後者には映画や演劇、音楽などが含まれる。俳諧も時間芸術に入るだろう。蕪村は本職が絵師だけに空間芸術家であり、かつ時間芸術にも精通した。やがて〈空間＝時間〉という現代科学の真理に接近したかどうかは、さて…。

とかくして最終景は、時間に関連する句群を論じる。古今集の歌二首を《きのふけふあす》と題したこの景のおもかげとしたい。

世の中はなにか常なるあすか川昨日の淵ぞ今日は瀬になる
読人しらず

つひにゆく道とはかねてきゝしかど昨日今日とは思はざりしを
在原業平朝臣

〈春〉

二もとの梅に遅速を愛すかな　（安永三年）

「遅速」の措辞が一句の核心である。漢詩由来の言葉だが、ここでは「梅」の開花にかかる数日間の「遅速」を示している。別の言い方をすれば「後先」や「前後」となるが、「遅速」にはもっと詩的な含みと生動のイメージが加わって溌剌となる。

「梅」は禅宗において「世界起（目覚め）」の象徴とされ、春を告げる花とされる。それが数日の「遅速」を演じたとて、「愛す」べき表徴なのは何ら変わらないと、蕪村は言い切った。花と蕾のどちらにも、平等に美しさを見出す心である。

人は何かと「遅速」を競いたがる。「長短」「優劣」に置き換えてもよい。どのみち微々たる些々たる差異を競うことが、生きる目的であるかのように考える人も多い。蕪村は、そんな人生の在り方を〝空疎だ〟と悟ったに違いない。

安永九年、六五歳の折には『俳諧桃李《ももすもも》ノ序』に次のように書いた。

> 夫《それ》俳諧の活達なるや、実に流行有りて実に流行なし、たとはゞ一円廓に添うて、人を追ふて走るがごとし。先ンずるもの却《かえつ》て後れたるものを追ふに似たり。流行の先後何を以てわかつべけむや。（傍線は著者）

訳せば、「そもそも俳諧の隆盛なるものは、流行の理にしたがうものであり、またすべてを流行だけで語りうるものでもない。例えれば、円形の回廊に沿って人を追いかけるようなものだ。先に行く者が速くなれば、だんだん後の者を追うような形になる。流行という一現象だけを捉えれば、そのようにどちらが進んでいるのか、遅れているのか、どう見分ければいいのかわからないものだ」と。

禅問答風の言い回しから、蕪村の老荘思想（無為自然）への傾斜も感じられる。『桃李（ももすもも）』の題も、上下どちらから読んでも同じ〈回文〉で〝流行に先後の別はない〟ことを暗示している。

「遅速」には、人間が時間をどう考えるかという哲学的な命題も含まれるように思う。時間の単位は、一秒一分から一時間、一日、一月、一年、十年、百年、千年…と拡大する。宇宙の時間まで拡大すれば、人の一生など実に短い。その中では「遅速」など無いに等しい、と言っているようだ。

懐旧

遅き日のつもりて遠きむかし哉　（安永四年）

「遅速」の感覚があればこそ「遅き日」も実感でき、春の一季語として力を得た。「日永」と同義で、〝ああ、こんな日永が積もり積もって遠い昔につながっているのだなあ〟と詠嘆した一句である。

詞書「懐旧」は漢詩題に基づく。題詠である。『和漢朗詠集　巻下』にも、同題で詩が載っている。特に白楽天（七七二〜八四六）の次の詩片と詩想を、蕪村は借りたのではないか。

往事渺茫《びょうぼう》として都《すべ》て夢に似たり　旧遊零落して半泉に帰す

「往事（昔の事柄）」を「夢に似たり」と言ってしまえばまるっきり白楽天だが、春の遅日と取り合わせたのが蕪村の手柄である。

日本文学伝統の〈もののあはれ〉も、「いにしへ思ほゆ」の〈昔しのび〉によって鍛えられた。そのことを確信していた蕪村には、その他にも「むかし」を詠じた句が多くある。春の句だけでも…

日暮〳〵春やむかしのおもひ哉（安永三年頃）

白梅や誰がむかしより垣の外（安永五年）

古雛やむかしの人の袖几帳（安永八年頃）

これらの「むかし」は、和歌が人々の心を躍らせた古今・新古今の時代である。「むかしの人」の措辞は歌語として和歌に多く詠み込まれもした。「日暮〳〵…」の句は、明らかに次の歌を本歌取りしている。

月やあらぬ春や昔の春ならぬ我が身ひとつはもとの身にして　　在原業平

他の二句も、措辞と趣向を和歌から借りたもの。

あるじをば誰ともわかず春はただ垣根の梅をたづねてぞ見る　　藤原敦家

さつきまつ花たちばなの香をかげば昔の人の袖の香ぞする　　よみ人しらず

ただし「昔の人」は「昔、思いを寄せた人」であり、せいぜい数年から十年前後の「むかし」のことだろう。詠み手自身がよく知っている過去である。「誰」と謎を掛けるのも、「垣」を境にした恋の情景「垣間見《かいまみ》」が暗示されて芳しい。

当然のことながら、時代が下るにしたがって「むかし」は分厚く堆積されていく。すでに万葉集の時代より古今、新古今と下るほど、「むかし」を偲ぶ歌も増える。そう見れば、蕪村の言う「遅き日」とは、和歌が盛んだった時代の人々の長閑で、優雅な心（あはれ）に満ちた日々を懐かしんでいるようにも思えてくる。

かつて世界的な難問を次々に解いた数学者の岡潔氏（一九〇一〜一九七八）は、「過去世が懐かしくてしようがないという人でなければ、時とは何だろうとは思わないだろう」と書いている（『一葉舟』）。また「過去世が懐かしくない人に俳句がわかるわけがない」とも。岡氏は俳句も嗜んだ（俳号は石風）。以て瞑すべしか。

春の海終日のたりのたりかな　（宝暦十三年以前）

名句としてつとに知られる。「のたりのたりかな」という擬態語の功に帰すこともできるが、「終日《ひねもす》」の語感も強く響きわたっている。

蕪村が実際に「春の海」を「終日」眺めていたかどうかはわからない。絵師だけに、日のある何時間かスケッチをすることはあったかもしれない。それでも「終日」と言いたい「春の海」である。そこに、〈詩句にとどめるべき規則的な相〉を見出したのは疑いようがない。「終日」としなければ、一句は力を持ち得なかっただろう。あるいは「誰がむかしより」などと、遥かな過去から延々と続いている海の情景として切り取ってもよい。いずれにしても「終日」と言っただけで、一句は現在の私たちの「終日」にまで続く普遍性、永遠性を獲得した。

現代の日本で、「ひねもす」と日常語で使う人はほとんどいないだろう。せいぜい「一日中」か「終日《しゅうじつ》」が一般的だ。〝昼はひねもす夜は夜もすがら〟などと言って、昼夜分かたずという状況を伝えた表現も〝今は昔〟の響きがある。

「終日」は、この一句で永遠の日本語として新鮮なまま冷凍保存されたことになる。未来にまた、逆に新鮮な印象に引かれて使う人々が現れるかもしれない。そこまで蕪村は考えていたと想像すると、芭蕉の説いた〈不易〉とは〝これか！〟と合点がゆく。俳諧・俳句における一語の大切さを痛快なまでに教えてくれた。

ついでながら、「のたりのたり」も時の狭間に存在するしかたの一つの相と見える。「春の海」を叙するにしては妙に擬人化され、どこか人の生き方や態度を思わせる。むろん蕪村の感覚語である以上、その《いのちみこころ》を通過して吐き出された表現には違いない。「春の海」に、自身が同化したとも感じられる。

今は結論を急がないが、蕪村には時間の中に「のたりのたり」とたゆたっていたい気分が横溢していたのではなかろうか。若い頃の時間感覚とも言える。五十代半ばを過ぎる明和から安永年間とは、明らかに異なる。それは「のち」に論じよう。

傾城はのちの世かけて花見かな　（安永九年）

前景《いにしへふみ》冬の章で〈みのむしのぶらと世にふる時雨かな〉を論じ、蕪村が「三世《さんぜ》（過去・現在・未来）」を強く意識していると書いた。当句では「のちの世」、すなわち来世が直截的に語られた。「傾城」とは遊女のことで、来世こそは〝結ばれよう〟という覚悟で情人と「花見」をしているといった句意である。

「のちの世」は後世《ごせ》とも言い、〝後世の契り〟と言えば道行（心中）を暗示する。したがって「花見」そのものが、道行の舞台のように装飾的な色合を帯びてくる。

一般的に「のちの世」という認識は、仏教の浄土思想から大きな影響を受けている。だが、それだけではない。死後の世界、黄泉《よみ》の国などとも呼ばれる「あの世」観は、仏教伝来以前から日本人の中にあった。さらには生まれ変わりや輪廻転生の観念にも通じる。「宿世《すくせ》」は今や死語の類だが、前世からの因縁のことを指し、すべての人間関係はそれに応じて形作られる（因果応報）と考えられた。

蕪村に先立つ元禄の頃、大坂に近松門左衛門（一六五三〜一七二五）が出て〈道行＝心中物〉の芝居が盛んに上演されるようになった。中でも名作『曾根崎心中』では、「…あれ数ふれば暁の、七つの刻が六つ鳴りて、残る一つが今生《こんじょう》の、鐘の響きの聞き納め、寂滅為楽《じゃくめついらく》と響くなり」と徳兵衛が名台詞を発し、お初の手をとって入水する。「今生の」というところに、「のちの世」を期して生への執着を断ち切ろうとする覚悟が強く表れ出ている。

和歌では、「世《よ》」は男女の間柄を指す意味で用いられる。「のちの世」と言えば、来世の因縁や出逢いの〝時間と空間〟を共有する祈りが込められる。来世でめでたく夫婦になることを祈願して心中するのだから、現代のようにあっさり離婚するような時代の風潮からすれば、可憐すぎるほどロマンチックな盲信ぶりである。しかも、その一念と一途さは、「花見」という浮世の「夢見」心地に誘われて強まるのでもあろう。

この「傾城」は、人生の〝花時〟を「のちの世」に持ち越したいと望んでいる。

〈夏〉

来て見れば夕のさくら実と成ぬ　（安永四年）

一見、なんの変哲もない句のように思う。わずかに本歌取りの形跡をたどれば、能因法師（九八八〜一〇五一）の〈山里の春の夕ぐれ来て見ればいりあひのかねに花ぞ散りける（新古今集・春）〉の俤《おもかげ》が浮かび上がってくる。

「夕《ゆうべ》」は〝昨夜〟の意味に解される。しかし、実際に昨夜の「さくら（花）」が一挙に「実」となることはない。季語「花は葉に」の時期を経て、段階的に「葉から実」となるのが自然である。この句は、一足飛びに「花が実に」なった時間の飛躍を感じる。そこに、初五「来て見れば」の軽視しがたい効果がある。

「来て見れば」の前には、「しばしの間を置いて」とか「程経て」といった時間経過の言葉が隠れている。すると「夕」も、すでに記憶の中へ去った春の「夕ぐれ」が想定される。改めて能因法師の歌に重ねれば、「花ぞ散りける」とあることから、蕪村は能因の時間を継承しながら本歌取りしたことになる。つまり、晩春から初夏に時節を移すだけでなく、能因の過去さえも蕪村の現世につないで俳諧化したのである。

「夕」という時間帯は、さまざまに呼称される。黄昏時《たそがれ》とも逢魔《おうま》が時（大禍時《おおまがとき》）などとも言う。昼から夜に入れ替わる境で、妖怪変化が活動を始める時刻とも考えられた。昼を生者の時間、夜を死者の時間とした「世」の残光がある。あるいは、論語の「旦《あした》（朝）に道を知らば夕べに死すとも可也」も、朝夕の時間的な運気に則った警句かもしれない。

「実」にも含みを感じる。むろん果実（さくらんぼ）の意味だが、〝虚〟に対する〝実〟の相も見え隠れする。されば「夕のさくら」は、〝虚〟であったか。過ぎ去った時間そのものが〝虚〟なのだろうか。虚実をさぐって、こちらの思念も虚実こもごもとなる。

ちりて後おもかげにたつぼたん哉　（安永五年）

「後《のち》」という、漠として不安定な時間が響いている。春の句で論じた「のちの世」とは全く異質の「後」であり、直後にしてほんの一瞬とも感じられる。そこに〈余白〉が生まれ、余韻余情となって読者を共鳴の輪の中に取り込む。

「おもかげにたつ」とは、残像のことだろう。たとえば、真っ赤な太陽を一瞬だけ直視して瞑目すると、眼裏《まなうら》に青っぽい残像が浮かぶ。花でも「ぼたん」ほどの大輪なら、輪郭もありありと「おもかげ」が残るのは経験上だれでも知っている。それは、視覚と脳の時間差のいたずら（タイムラグ）だと、科学なら説明するだろう。

考えてみれば、〈余韻余情〉も〝タイムラグ〟に似ている。人には追想や追憶を繰り返す習性があり、いつまでも何かの思い出や記憶に浸っていたりする。それは思い出したい意志に基づく場合と、ふいに何かの拍子におのずと起こる場合がある。

古今集には、花の「ちりなん後」を追憶する歌が三首並ぶ。特に一首を引いてみる。

我がやどの花みがてらにくる人はちりなむ後ぞこひしかるべき　凡河内躬恒《おおしこうちのみつね》

〝散った後ほど恋しい〟と言う。時間が情感を〈かそけく〉変化させるらしい。

蕪村には、《かそけきは》で紹介した〈牡丹散て打かさなりぬ二三片〉の句がある。同じ散りようでも、連続性と断続性の違いを感じる。「ちりて後」は花全体が漸々と散り切った印象で、経過した時間も長く感じられる。その辺が蕪村の言う〝俳諧の自在〟であり、時間を自在に往き来して句に奥行きを生み出すテクニックと思しい。

この「ぼたん」は大事な人の暗喩かもしれない。すると、この「後」も「のちの世」と同じく死後という意味を帯びてくる。現に生きてあれば、さほどの感慨も抱かないが、「ちりて後」（死して後）となってからしみじみと「おもかげ」に立つほど惜しまれてくる、という詠嘆がある。

三井寺や日は午にせまる若楓（安永六年）

「日は午《ご》にせまる」の措辞は、刻々と中天に向かう太陽を表す。「正午に近づく」という意味で、唐代の詩人李紳（?〜八四六）の「鋤禾日当午（禾《か》＝稲田を鋤《す》いて、日は午に当たる）」（『古文真宝前集・憫農』）から得た措辞のようだ。

「午」とは、昔風に言えば〝うまの刻《こく》〟である。子丑寅《ねうしとら》…と十二支を配当し、一日を十二時刻に分け、さらに一刻を上中下の三つに割った。《をちこちところどころ》で示した方位と同じように、時刻も「子の下刻」などと用いる。数詞を組み合わせて、「丑三つ時」などとも言い換える。「午」の刻は〝九つ〟とも言われた。

「三井寺《みいでら》」と言えば、近江八景の〈三井の晩鐘〉で知られる。晩鐘の時刻には間遠く思える「午」の刻を設定し、逆に「日」の勢いや「若楓」の青さを強調した。

謡曲（能楽）『三井寺』では、鐘が情感を動かす象徴として活かされている。それを端的に表すのが「初夜の鐘を撞く時は、諸行無常と響くなり。後夜《ごや》の鐘を撞く時は、是生滅法《ぜしょうめつぽう》と響くなり。…」と続く部分だ。〝子ゆえの闇〟で狂女となった母が、三井寺に来て、別れた我が子に巡り会うドラマは、鐘の余韻と共に佳境に「せまる」。

鐘は、日中と中夜を除いて明け暮れに四度撞かれる。順に晨朝《じんちょう》、入相《いりあい》、初夜、後夜。一方、日中に時刻を推し測る場合は「日」の角度をみた。鐘の声と比べれば、人に及ぼす情緒・

情感もよほど異なる。

これまで見て来たように、〈俳諧〉は逆転の発想や読者の意表を衝く趣向に徹する。「三井寺や」と止めて「晩鐘」の晩でなく「午」に転換したのは、「蛙の声」でなく「飛込む水の音」にずらして詠んだ芭蕉の名句と同じくらいのインパクトを、当時は感じさせたはずである。ここに、蕪村の〝時〟を叙する修辞法も時間感覚も時間哲学も、「午にせまる＝頂点近くに達する」ものになったと言うことができる。

暦見し日も過行ぬ麦の秋（安永七年以降）

「暦《こよみ》」は、人類の発明の中で最も重要なものの一つ。まず、太陽の出入りを見て一日が、月の満ち欠けで一月が、春夏秋冬の移ろいで一年がそれぞれ認識された。

江戸時代の「暦」は中国伝来の太陰太陽暦で、俳句の歳時記もその区分に準ずる。歳時記には、農事暦の趣も多少加わる。春には「耕す」「蚕養《こがい》」、夏には「田植」「草刈」、秋は「稲刈」「砧《きぬた》」、冬は「大根引」「寒肥」など。農業が国の基幹産業で、大宮人が農人を〝大御宝《おおみたから》〟と讃えた古代からの伝統を引き継いでいる。

結五が「麦の秋」とあり、あたかも農事を詠んだ句体である。前にも触れたが、蕪村は実父の農業を手伝った経歴を持つ。その当時は農業への不慣れさもあり、「暦見し日」が毎日のように続いたことだろう。まさに「粒々皆辛苦」を心身で感じたはずである。結局、〝農人としては生きられない〟と覚った。

句の解釈としては、それで済む。ここからは、蕪村の時間論を想像してみる。

農業を離れても「暦」は見る。修行僧の時代には、仏教の行事に則して。絵師・俳諧師になっても、歳時記や俗世間の生活に応じて。隠者の気分を持つ蕪村でも、それら〝他者の時間〟に寄り添って、あるいは引きずられて暮らさざるを得ない。それが人生である。どんなに〈俗を離れる〉ことを望んでも、「暦」に規定される俗世間が、この市井の隠者を取り込んで離さなかった。

「麦の秋」で収穫期を迎えたのだから、片時は「暦」の呪縛から解放されよう。しかし、生あるかぎり次の「麦」を求め続けなければならない。

安永七年は、死の六年前。〝もう暦に縛られて生きなくてもいいじゃないか〟と、覚悟したとしても不思議ではない。さなきだに、老年の一年一年は驚くほど疾く「過行《すぎゆき》ぬ」わけだから。

〈秋〉

きのふ花翌をもみぢやけふの月

（明和五年頃）

本章の景題《きのふけふあす》をすべて盛り込んで一句に仕立てた。「花」「もみぢ」「月」はみな季語で、現代俳句なら〈季重なり〉の批判を免れないが、ここでは「きのふ」は過去、「翌《あす》」は未来で現実ではないという設定なので、「けふの月」を中心に据えて鑑賞すればよい。三つの季題を背景にして、「きのふけふ翌」の時間の推移を伝えたようにも感じる。「月」は「日」に比して悲嘆の相を暗示する。「花」や「もみぢ」の派手やかさに比べても、何かもの悲しい。そこに幽かな無常感を表したと見える。

和歌の規範では、「けふの青葉」と言えば「昨日の落花」を暗示する。いわば、物の移ろいは約束事の内にある。その約束事を少しずらして、別の真実相を物語るのが俳諧の作法ということになる。

和歌や俳諧を知るも知らぬも、「きのふ」をしのび、「あす」を待ち、「けふ」は見る（逢う）。日々を継いで繰り返す「きのふけふあす」に、どんな風物がふさわしいか。蕪村はいちおう〈雪月花〉から「花」「月」を借り、一つだけ「もみぢ」に変えてみせた。「雪」は、どうか。

山部赤人《やまべのあかひと》（七〇〇～七三六）の歌に〈あすよりは春菜摘まむと標《し》めし野にきのふも今日も雪は降りつつ〉（『万葉集』巻八・一四二七）がある。一首（一句）の中に「きのふけふあす」を盛り込む技法はつまり、万葉の時代から伝わる。だが、風物から得る情感は時代によって異なる。そこに〝後の世〟の歌詠みや俳人の詠むべき余白が残されている。

蕪村は後年〈山はきのふ野はけふあすを宿の雪（安永六年）〉と、再び「きのふけふあす」に挑み、赤人と同じく「雪」を詠んだ。そこには「雪」一色で、「しのぶ」も「待つ」も空しいほどに見せつけられる〝あやにく（不快）〟の情も伝わる。それでこそ、春の雪解けを「待つ」喜びは大きいということにもなる。

詩歌の世界では〝過ぎ去れば、みな美しい〟と言う。あるいは、詩歌が「きのふ」を美しく装飾するからかもしれない。

後の月鴫たつあとの水の中　（天明二年）

「後《のち》の月」とは、九月の十五夜（満月＝けふの月）に対して十月の望月を指す。やや空気が冷たさを含み、より冴え冴えとした月の景色となる。「水」に映る有様も、煌々としてくっきりした色を見せる。

「後の月」と言っておいて、「鴫《しぎ》たつあと」と「後」を重ねたのが趣向である。なんとはなし「後々」のことを気に掛けるような心情が感じられる。作年の天明二年は蕪村の死の前年で、自身を「鴫」に仮託し「たつ」（先立つ）後のことを案じる思いが込められたと読み取るべきだろう。ちなみに出戻りの娘くの（きぬ）は、蕪村の存命中には再婚しなかった（死の数年後に再婚を果たしたと伝わる）。この句を「けふの月」でなく「後の月」としたのも、自身の人生が晩年に至った事実を反映している。

あらためて歌の三景物とされる〈雪月花〉を考えれば、いずれも移ろいやすさによって愛される。また、〈もののあはれ〉の相もより鮮明に表れる。「後の月」のもの悲しさを「鴫たつあと」が引き継いだ。「後」を「のち」と「あと」と詠み分けたところに意図を感じる。「あと」は「跡」にも利かせた。水の波乱とでも言おうか。しかし、その波乱も数瞬のことで、また静かな「水の中」に映る「月」という情景になる。動と静、生と死の交替も、時間そのものの真実である。

「鴫たつ」は、言うまでもなく西行の〈心なき身にもあはれは知られけり鴫立つ沢の秋の夕暮〉を踏まえている。あるいは、西行から続いている歌詠みの時間も包含したと考えるべきかもしれない。すると、蕪村が自身の老境を一句で述懐するにも、西行の〈もののあはれ〉を伝承する程度のことしかできなかったという多少の悔恨があるようにも見える。

去来去移竹うつりぬ幾秋ぞ　（明和五年）

「去来（向井氏。一六五一〜一七〇四）」と「移竹（田川氏。一七一〇〜一七六〇）」二人の俳諧師を偲んだ追悼句である。

「去来」は芭蕉の弟子で『去来抄』を書いたことでよく知られている。「移竹」はその去来に私淑し、蕉風の継承を推進した。蕪村の師であった早野巴人（一六七六〜一七四二）は、宝井其角（一六六一〜一七〇七）、服部嵐雪（一六五四〜一七〇七）という芭蕉の弟子二人に師事していたから、「移竹」は師の巴人とは叔父甥のような間柄になる。それゆえに蕪村は、芭蕉翁を慕うのと同じくらい、その弟子たちや系統を慕った。『蕉門十哲』を定め、一人一人の肖像を絵に描いて世の中に広めたほどである。

一句は半ば言葉遊びだが、結五の「幾秋ぞ」によって「去る者は日々に疎し」の心境を強く印象づけた。去来は蕉門の重要な教え〈不易流行〉について、「不易は古《いにしえ》に（時代によらず）よろしく、後に叶《かな》ふ句なれば、千歳不易といふ。流行は一時一時の變（変遷）にして、昨日の風（風姿＝俳句の詠みぶり）今日よろしからず、今日の風明日に用ひがたきゆへ（故）、一時流行とは云《いい》はやる事をいふなり」と書いている。この一節は本章の主題とも重なり、また文中に「昨日、今日、明日」とある点も符合して興味深い。

心ある俳人ならば、当然〈不易〉の句を作り、普遍的な秀句として後世に残したいと考えるだろう。その理想への意欲が、「去来」や「移竹」から蕪村に伝承されたことを暗示する。〈不易〉とは、こんな風に同じ価値観を共有する者らが偲びまた偲びして、永続する形を言うのだ、と。

芭蕉は言うもさらなり、だ。『奥の細道』に「月日は百代の過客にして、ゆきかふ年もまた旅人なり」と記した。時間の中にたゆたうのが人間であり〝時間も旅人、人間も旅人だ〟という不易の哲学に達した。

幻住庵に暁台が旅寝を訪て

丸盆の椎にむかしの音聞ん （安永八年）

詞書に、名古屋の俳友加藤暁台（一七三二〜一七九二）の逗留する「幻住庵」を訪ねたとある。幻住庵は近江にあった芭蕉翁晩年の居処で、『幻住庵記』を著したことで知られる。暁台は、蕉風復興を進める蕪村にとって強力な同志でもある。したがって一句の俤《おもかげ》として、翁が幻住庵で詠んだ〈まづ恃《たの》む椎の木もあり夏木立〉が浮かび上がる。

それらを踏まえれば、茶でも出された折の「丸盆」が、例の「椎の木」で作ったものなら面白いという奇想を誘い、ならば「むかしの音」を聞こうじゃないか、という句案に至ったと解することができる。すると「むかしの音」とは、暁台と共に聞いてみたい翁の言葉ではなかろうかと、こちらの想像も飛躍する。

「丸盆」は、椎の木を輪切りにして作ったものだろう。表面には年輪が刻まれている。蕪村は、そこに芭蕉翁の記憶も刻まれているだろうと空想した。諸物にも魂が宿ると考え、針供養や人形供養などを《かみほとけ》への信心から行った時代だけに、あたかも年輪がレコードのように「音」を発するのではないか、と。

ましてや『幻住庵記』には、翁が「五十年《いそじ》や丶ちかき身」（四十七歳）で「倩《つらつら》年月の移こし拙き身の科《とが》をおもふ」と、生涯をしみじみ回顧した一節がある。同じ晩年の蕪村と暁台には、「此《この》一筋」すなわち俳諧道の後続の行人として、少なからず共感できたのではないかと思われる。

また、翁の弟子服部土芳（一六五七〜一七三〇）著の『三冊子《さんぞうし》』には、「この道（俳諧道）に古人なし」「われはただ来者を恐る」という翁の言葉が載る。「来者」とは未来の俳人を指し、蕪村や暁台もその中に含まれることになる。すると〝私たちは翁の恐るるに足る俳諧師になり得たか〟をも、聞けるものなら「聞ん」と願って詠んだものとも受け取れる。

さらに一句には、芭蕉の「むかし」と蕪村の「今」とつながっている、との実感が満ち溢れている。

〈冬〉

埋火や春に減ゆく夜やいくつ　（明和六年）

「火」に時間を感じるのは、成熟した詩人の眼に相違ない。灰の中から「埋火」を掘り出して、燠火《おき》を起こす。ふと〝こうして夜々代々、火を起こし続けて来たのだなあ〟と、遠い昔のことなどを思う。冬ならではの時間である。

「春」を待つ気分が、「春に減ゆく（カウントダウンする）」夜の数に転化された。「夜や―いくつ」の疑問詞が「埋火や―」の切れ字と響き合って、時間が分秒刻みに刻々と進む印象もほのかに添えている。

「冬」は、「増ゆ（増える）」が語源とされる。それを知ってか知らずか、蕪村は「増ゆ」の中に反対概念の「減る」ものが潜むのを掘り出してみせた。その一つに「埋火」の炭を暗示していると見るのは、穿《うが》ち過ぎだろうか。昔は「埋火」で〝火をとめる〟ことをした。火が燃え尽きない（減らない）ようにして、次に焚き付ける種火としたのである。

民俗学者の柳田国男氏（一八七五〜一九六二）は、著書『火の昔』で以下のように書いている。

火どめの技術はたいていの女たちは知っていて、あたりまえのことと思っていましたから、ことごとしくこれを伝授する者もありません。それが、世の中の改まり、ことにマッチの進出と燃料の変化とによって、いつの間にか忘れてしまっている人が多くなり、末にはこの過ぎ去った女の心づかいがかえりみられなくなろうとしているのであります。（「ホダと埋火」）

かつて火の管理は嫁の役目とされ、そこでまた蕪村は追想の種火としても「埋火」を見た。〈埋火やありとは見えて母の側《そば》（安永六年）〉という句もある。掘り出した「埋火」を見ながら、ふと生前の母の姿が彷彿したという句意だ。蕪村も子どもに戻って「側」に居る。きっと、童心をも掘り起こしているのだろう。

「火」に過ぎ去った歳月を感じる情緒は、時を超えて柳田氏にも伝承されたように思う。『火の昔』という書名に、そのきらきらとした詩情が表れ出ている。

その他にも、蕪村はよく「火」を時間推移や転変の装置として配した。〈燭《しょく》の火を燭にうつすや春の夕《くれ》（年次未詳）〉〈みじか夜や浪うちぎはの捨篝《すてかがり》（安永三年・夏）〉〈油燈《あぶらび》の人にしたしき十夜かな（明和五年・冬）〉などなど。どれもみな「火の昔」が描かれ、現代の私たちにほのかな温かさを感じさせてくれる。

行年や氷にのこすもとの水（明和七年）

『方丈記』の冒頭「ゆく河の流れは絶えずしてしかも元の水にあらず」から着想を得た一句である。河の流れに時間や歳月の移ろいをみる情は、古今東西を問わないものと以前に書いた（四景・春〈春水や四条五条の橋の下〉参照）。ここでは水の流れが「氷」になって滞る景に、あたかも時の流れ（元の水）も留まるかのような情趣をかき立てられて胸に迫るものがある。

「水」には、端的に氷（固体）、水（液体）、蒸気（気体）の三つの相がある。実は「火」にも十二相があり、十二支が配当されている（茶道の「炭点前」に詳しい）。おそらく『易経』や陰陽五行説に由来する観相法なのだろう。それらの相は、たいてい時間の推移によって変化する。あるいは、季節の変化によって。

いずれにせよ「水」の相は「火」の相に比べて緩やかで、悠久の時を滔々《とうとう》と流れるものと考えられる。「遅速」に置き換えれば、「水」は遅、「火」は速が当てはまる。また〝火をとめる〟「埋火」に対して、〝水をとめる〟のが「氷」ということにもなる。

「行年《ゆくとし》や」という年を惜しむ詠嘆が利いている。「氷」は「もとの水」だが、水の形はもうしていない。そこに一年で変化した世の有様、また変化せずに残ったものの二つの相が表れる。

『方丈記』の著者・鴨長明（一一五五〜一二一六）の思想は〈無常観〉として知られる。

それもまた時間の哲学である。無常観は、時に〈もののあはれ〉と等しなみに語られるが、重なる面はあるにしても、特に栄枯盛衰の常ならざる相を叙する場合に用いられる。それが時流という、人間には予測がつかず抗し難い巨大な勢いとして現れる場合、〈無常観〉もそれ相応に極大化する。長明が生きた時代は、貴族階級にとって武家に権力を奪われる黄昏時の様相であり、また天変地異（大地震）にも見舞われた、まさに無常観がひたひたと心を浸す世相であった。

鴨長明は、姓が示すように渡来系鴨氏の人で京都下鴨神社の禰宜《ねぎ》の家系に生まれた。一時、後鳥羽院（一一八〇～一二三九）の意向で河合社の禰宜になりかけたが、同族内に抗議があって沙汰止《さたや》みとなった。長明は、それが原因で出家したとされる。それやこれやを思えば、長明の無常観も深い同情を伴って理解できる。まさに、時流に翻弄されて生きた人だ。

蕪村は、その〈無常観〉をも俳諧化した。毎年のことだが、諸方に借金をしていて掛取《かけとり》（借金取り）への対応という頭痛の種もあっただろう。すると、「氷にのこす」も「高利に残す元金」と読め、借金の利息だけ払ったけれど元本は変わらず残った現実がほのかに浮かび上がる。「氷」も「高利」も冷厳なものだ。

神道では、「水」は「火」と同様に穢《けが》れを浄めるとされる。〝水に流す〟のである。

いざや寝ん元日は又翌の事（安永元年頃）

江戸時代の大晦日は、落語でも知られるように掛取に追われる者にとって修羅場のような攻防戦であった。あまり経済観念のなさそうな蕪村だから、むやみにツケで買物をしたかと思われる。〈売喰《うりぐい》の調度のこりて冬籠《ふゆごもり》（安永三年・冬）〉の句もあり、「調度」品だけ残して他はほとんど質屋に「売喰」してしのぐ日々の暮らしぶりがうかがえる。当座しのぎのために大事な書画を手放したり、即興で扇や襖、屏風などに絵を描いてやるようなこともしただろう。

一句は、そんな大晦日の土壇場を乗り切って「いざや寝ん（さあ寝ようか）」と安堵する情景である。一夜明ければ「元日」で、もう借金取りも来ない決まりになっていた。蕪村の気分を斟酌すれば、「又翌《あす》の事」と全く様相が改まる風情もじんわりと伝わる。地獄から極楽に、からりと急転するような感覚だったのだろう。

昔の「元日」は、あらゆる身分や階級を超えて平等に歳を取る日で、生命の再生を祝す儀式的な側面も強くあった。たった一日の違いで心身共に様相が変わる実感は、正月を待ち遠しくも感じさせ、現代の私たちの想像をはるかに超えた、神聖で粛然としたものだったろうと察する。正月の挨拶に〝よい春や、若うならせられた〟と言って、我人共に再生をよろこんだ佳き時代の情緒が偲ばれる。

ふいに蕪村の言う〈離俗〉の本質がほのかに見えてきた。聖俗の別で言うならば、「けふ」は〈俗〉の呪縛の中にある。それが「あす」には〈俗〉から解き放たれるのではないか。ましてや「元日」のように《かみ＝神》を奉祝するハレの日ならなおのこと、聖なる淑気に満たされるだろう。そんなふうにケとハレの入れ替わる日常こそが、人々の聖俗感覚の根っこにあったように思える。ちなみにケは〈褻〉の一字を当てる。〝けがれる〟〝なれる〟の意味がある。

蕪村の〈離俗論〉に照らせば、ハレの「あす」を願って「けふ」のケガレ（俗塵）を離れるということになろうか。ただ一句には、〝明日は明日の風が吹く〟といったヤケクソな気分も感じられる。それもまた別趣の〈離俗〉なのだろう。

初春

しら梅に明る夜ばかりとなりにけり　（天明三年）

蕪村の句をさまざま論じてきたが、いよいよ最後の一句になった。ふさわしかろう、辞世の句である。蕪村の命日は旧暦十二月二十五日とされているから、詞書「初春」には、新年を待ち望んでも叶いそうにないという諦めの気持ちが表れる。仏教では〈末期《まつご》〉と呼ぶ。蕪村は、それを「明《あく》る夜ばかり」と叙した。「明る日」の〝ハレ〟も望めないこと、つまり冥府へ往く覚悟を言い表している。

この世の名残は「しら梅」の香か幻像か。「しら」と開いたのは、和歌俳諧の語法に照らせば「知らない」の意味がこもる。ある人は一生の出来事が走馬灯のように描き出されるというが、蕪村は走馬灯ではなく「しら梅」を見た。その一蕾一花が心を寄せた女の顔か、また生涯に描いた数多くの人物の肖像画が花となって浮かんだか。それとも、死の枕辺に置いた「白梅」の微かな香が鼻孔をくすぐっただけなのか。何にせよ、鋭敏な感覚と才知とで詩書画三絶に生涯を尽くした蕪村も、この世の時間に別れを告げて冥界へ旅立つ。高僧の死のように〝円寂〟と讃えたい。

「明る夜ばかり」と表現したのは、《きのふけふあす》を数えて何かを待ち望んだり、為すべき用事に追われたり、過ぎたことに悔いたりすることもなくなったという感慨なのだろう。すなわち、過去・現在・未来も無くなる。しかし、臨終を「明る」と言った感覚は、あの世に生まれ変わる喜びに満ちていはしないか。私には、自身の死を喜んで受け入れているように思えてしかたがない。

死は、生まれた時から予定されている。人それぞれに寿命があり、だれもそこから逃れることはできない。孔子の詞に「逝くものは斯《か》くの如きか、昼夜を舎《お》かず」とある。死を強く意識してこそ、生は燦爛たる光に照らされる。

蕪村が敬慕して止まない芭蕉の辞世は〈旅に病《やん》で夢は枯野をかけ廻《めぐ》る〉とされるが、弟子の路通《ろつう》（八十村氏。一六四九～一七三八）によれば翁は「平生則チ辞世なり、何事ぞ此節にあらんや」と言っていた。要するに、翁には「臨終の折一句なし（路通記す）」であった。

芭蕉の享年五十、蕪村の享年六十八。寿命の長短を比べても意味はなく、その人生と作品の「遅速を愛すかな」がよい。事実、共に詩の神、時の神に愛された。

あとがき

筆者が所属する《セミの会》は、とても自由で大らかな俳句集団です。代表の木下ひでを氏は、筆者のような〝へそ曲り〟にも慈父のような眼差しを注ぎ、気ままに遊ばせてくれます。句会では「わたしの意見を述べますが、あくまで一つの見解として聞いてください」と、持論を押しつけることもありません。会の名称は「蝉」のにぎやかさにあやかりつつ、各種「セミナー」と同様に丁々発止の会話ができる雰囲気を求めたと言います。そもそも世間に多くあるような〈俳句結社〉の厳しそうなイメージには程遠く、「まあ、お平らかに…」という木下氏の言葉そのままに会の雰囲気は和やかに保たれています。

筆者が木下氏に誘われて入会したのは、今から約二十年前のこと。セミの会が発足して二年目の夏でした。すでに他の結社やグループで技量を磨いた錚々たる俳人揃い。若輩で俳句初心者の筆者は、ベテランの方々の名吟を拝聴して学ぶのが精一杯でした。ただ、隔月で開催される定例句会の会場には美酒佳肴を供する名店が多く、それが大きな楽しみで参加していたことは否めません。のちに聞けば、飲酒しながら句会を催す結社などは世の中に少ないとのことで、それだけでもセミの会のユニークさがわかります。

木下氏が会を立ち上げる際には、月刊誌『俳句朝日』の顧問時代の縁に多く頼ったとも聞かされました。氏ご自身も、吉田鴻司氏や伊藤白潮氏、角川春樹氏、秋山巳之流氏などの会で修練を重ねられ、「俳句の会はどうあるべきか?」について熟慮されたようです。その結実が、セミの会ということになるのでしょう。

そういう自由闊達な気分の中で俳句のキャリアをスタートした筆者でしたが、俳句に対する興味だけでなく、〝もっと上手に詠みたい〟という向上心も当然ながら湧いてきました。〝へそ曲り〟としては、現代俳句の規範に学ぶよりはそれこそ《いにしへふみ》へ一挙に先祖返りして学ぼうと、暮夜ひそかに思い立ちます。そこで、かねて私淑していた与謝蕪村の句集(『蕪村全句集』)を教科書に選んだ次第。思い返せば、それが『蕪村八景』へのまことに小さな一歩でした。

字句や表記などは『蕪村全句集』に依拠しています。ここに改めて編者の藤田真一氏・清登典子氏に御礼を申し上げます。著名な国文学者であるご両所の労作を、いささかポップな評論の種としましたことには忸怩たる思いもあります。ただ二千八百余に及ぶ句群を総覧し、八景ごとに厳選する作業には数年の歳月を要しました。また執筆にもさらに数年、決して徒やおろそかに句々に向き合ったことはないと明言できます。

一つ言えるのは、蕪村の俳句にはさまざまなインスピレーションを喚起し、想像力を刺激する魅力があったということです。〝汲めども尽きぬ泉〟のような景情の豊かさも兼ね備えています。長く飽きもせずに探究できたのは、その魅力に魅入られたからにほかなりません。蕪村は〈俳諧の自在〉を推奨しています。私はそこに最も強く引かれ、理解の拠り所としました。

ところで、教科書に選んだはずの蕪村俳句でしたが、筆者の詠句がその域に達したとは到底思えません。結局のところ、その偉大さを改めて知ったに過ぎないのです。その上で〈やまとことば研究家〉と自称し、日本語とその歴史を探究し続けようと心に誓いました。時には蕪村の眼や感性を借りることで、今までは考えも及ばなかった真実に出逢うこともあったからです。したがって、『蕪村八景』を一里塚として次またその次と、〈やまとことば研究家〉の名に恥じない著作を物すことができれば、序で述べた「日本語の進歩発展に寄与したい」との宿願も果たせるかと思います。

今回の上梓に当たっては、同じくセミの会々員の萩原薫さんに多大なお力添えを賜りました。深く感謝申し上げます。また、蕪村の世界を風雅なデザインで再現してくださった梶洋哉氏、出版・販売に関してご協力を賜りました科学書院ならびに霞ヶ関出版の加藤敏雄氏にも、心から感謝申し上げます。

令和元年盛夏　一二三壮治

「蕪村八景」

2019年10月20日 発行

著者／一二三《ひふみ》壮治《まさはる》
やまとことば研究家 コピーライター、編集者
著書『言霊のラビリンス（蟻が問う）』
編書『川柳立川流 天の巻』
俳句集団〈セミの会〉会員

デザイン・写真／梶《かじ》 洋哉《ひろや》
編集協力／萩原《はぎわら》 薫《かおる》
表紙／呉春（松村月渓）筆『謝蕪村翁肖像』より
折返し・裏表紙／謝春星（与謝蕪村）筆『春秋山水図』より
印刷・製本／篠原紙工

発行／株式会社科学書院
〒174-0056 東京都板橋区志村1-35-2-902
TEL.03-3966-8600 FAX.03-3966-8638
発行者／加藤敏雄
発売元／霞ヶ関出版株式会社
〒174-0056 東京都板橋区志村1-35-2-902
TEL.03-3966-8575 FAX.03-3966-8638
定価／（本体2,500円+税）
ISBN978-4-7603-0472-1 C3095 ¥2500E